人間の縁《えにし》

浅田次郎の幸福論

◆

浅田次郎

コスミック文庫

装丁　川畑サユリ
帯写真　鷹野　晃
編集　櫛島慎司（コスミック出版）

はじめに

人の縁とはまこと不可思議なものである。

血脈で保証されているはずの肉親が、いとも簡単に無縁となってしまうこともあれば、赤の他人が人生を神のように定めるキーパーソンとなったりする。

そして多くの場合、そうした縁は不可測である。だから昔の人は、「袖振り合うも他生の縁」などと言った。あまりに人知の及ばざるところであるから、これはおそらく前生の因縁のしわざであろう、と考えたのである。なるほど私もこれまでの人生を顧みれば、おのれの意思などはほとんど入りこむ余地がなかったように思える。見えざる力が働いているか、それとも科学では解明できぬ規則のようなものでもあるのか、たしかに「他生の縁」とでも言ったほうが腑に落ちるのである。

思いがけぬ出会いを、「邂逅《かいこう》」といい、「遭遇《そうぐう》」という。人の縁はまずここから始まる。

かねてより会いたかった人、あるいは好もしい人と会うことが「邂逅」であり、会いたくない人、あるいは好もしからぬ人とバッタリ出くわすことが「遭遇」であると言ってよかろう。

ただし、縁の怖いところは、思いがけぬ出会いのそのときには、「邂逅」か「遭遇」かが判然としない。のちに振り返って、「あの人に出会えてよかった」とか、「あいつにさえ出会っていなければ」などと考えるのである。

そうこう思えば、人の縁はいよいよ人知の及ばざるところで、むしろ妙な期待や警戒をして人生を偏狭にするよりは、来る者拒まずと肚《はら》をくって、出会いをミステリーのように楽しんだほうが得、という気がする。

小説は人間と人間の営みを描くものである。しかしそれだけに徹していたのでは、面白いストーリーにはならない。人間も人間の営みも、巨視的に見れば蟻の生態のように普遍だからである。

そうした普遍のかたちに、「縁」という不可測の要素を加えると、無限の展開と可能性を持つドラマが生まれる。物語の原理はこれである。格別の能力があるとは思えぬが、小説を書き続けてくることができたのは、この原理を知り、かつ則ってきたからにちがいない。

こと小説に限らず、また如何《いかん》とはしがたいものではあっても、この縁を意識するか否かは人生を楽しむ要点であろう。

本書には、私の小説やエッセイの原理となっている「人間の縁」の部分を、抽出し再録した。まさか読者に説教を垂れるつもりはない。なるほど、と肯《うなず》かれるものがあれば、ぜひ作品を通読していただきたいと思う。

もし読書という習慣を持たなかったら、私の人生はたとえばゲームのキャラクターのように、次々と迫りくる悪縁に翻弄されていたはずである。

世間における人の縁はまこと不可思議だが、書物を介した縁に毒はない。

浅田次郎

人間の縁《えにし》

浅田次郎の幸福論

目次

しがらみがあるから幸せになれる　——「人生」について——

心の支えとなる存在 ──「信頼」について──

人間の人間たる幸福 ――「愛」について――

言うに尽くせぬ思い ――「感謝」について――

しがらみがあるから幸せになれる

――「人生」について――

それでも、わしは信じたいのじゃよ。
この世の中には本当に、
日月星辰《じつげつせいしん》を動かすことのできる人間のいることを。
自らの運命を自らの手で拓《ひら》き、
あらゆる艱難《かんなん》に打ち克《か》ち、風雪によく耐え、
天意なくして幸福を摑《つか》みとる者のいることをな

——蒼穹の昴（小説）——

家族のしがらみ

僕には親がいっぱいいるんですよ。産みの親、育ての親、親父の連れ合いとか、おふくろの連れ合いとか。非常に複雑な育ち方をしているので、どの人が自分の親だと整理できないんです。

恩と恨みをはっきりと分けられる人は幸せですよ。どれが恩でどれが恨みなのかがわかればポンと突き放すことができますから。親兄弟のしがらみというのは非常に重い。女房、子供にしたって、自分が家族のために消費しているエネルギーやお金といったら莫大なものですよ。一人で生きていければ、そんなに楽なことはない。家族のしがらみのない人間は総理大臣にでもなるくらい出世しないと嘘だと思いますね。つまり、それくらい家族を背負うというのはハンディキャップなのだということですけれど。

―すべての愛について（対談集）―

生活力という筋肉

現代の若者にはいとも簡単に親と縁を切ることのできる人間が増えています。確かに自由にはなれるかもしれない。しかし必ずその自由に甘えるようになる。自由に甘えて、自分のなかにある本当の力というものを何も引き出せずに一生を終えてしまうんです。

人というのは、自分の大切な人の喜ぶ顔が見たいからこそ頑張れるということがありますから。家族というハンディキャップが人に生活力という筋肉をつけるんですよ。

――すべての愛について（対談集）――

博奕《ばくち》の常識

僕は博奕好きで、博奕からも教わっているんだ。

麻雀打ってて「あいつは巧い」「あいつはヘボだ」って言ったって、最後に金持って帰ったやつは巧いんだよ。そういう博奕の常識が頭の中に叩き込まれもしたから「勝ちゃ全部いいことになる」と思った。

一生懸命やってベストセラー作家になったとしたら、「自分はこういう育ち方をしたからここまでなれたんだ」となるわけだよな。

―待つ女（語り下ろし）―

死ぬほど頑張る理由

「うちとこはな、おとうちゃんもおかあちゃんも頭のええ人間やない。そないなこと、あの兄貴を見てもわかるやろ。人並みに頭のええ人間が身内に一人でもいたなら、俺なんか生まれてくるはずなかった。もちろん俺かて同しアホや」

君がバカだったら、世の中に利口な人間なんていやしないよ、と僕は言った。慰めたつもりはない。僕は清家忠昭《せいけただあき》の卓越した頭脳をしんそこ尊敬していた。

「いいや、俺はアホなんや。せやから、尻たたかれて勉強せなならんのが辛《つろ》うて辛うてしゃあなかった。一番やなければあかんて、おとうちゃんもおかあちゃんも俺を脅迫した。高校の勉強が低級やいうて、やめてしもたんはポーズや。ほんまのところ、もう限界やった。せやけど俺、兄貴に秘密を明かされたときな、みんなが俺を一番にせなならんかった理由が、はっきりわかったんや」

清家は自嘲的に顔を歪めて笑い、低く強い語調で続けた。

「俺は不義の子ォやし、もともとは頭もようない。そのまんま当り前に育ったら、世間様から気の毒がられるだけやろ。家ン中もいつもごたごたしてたし、いつ何どき壊れてまうかわからへんかったしな。方法はただひとつや。俺が死ぬほど頑張って、他人の五倍も十倍も勉強してやな、偉い医者になることや。俺は自分の出自を、どうしても美談にせなあかんかった。野口英世と同しや」

――活動寫眞の女（小説）――

他人に相談したってダメ

自分が苦悩しているときに、他人に相談したってダメ。気持ちが楽になるということはあっても、解決にはなりません。つまり、自分の苦悩を解決するのはあくまでも自分なんであって、他人に依存しようというのはそもそも間違いだと思うんです。

—すべての人生について（対談集）—

発想の転換

人は与えられた宿命を受け入れなければならないんです。

これは生きている人でも同じことで、試練に遭ったときに、状況を変えようとしても奇跡は起こらない。だから状況を変えて自分が救われたいと望むのは愚かなことなんですよ。

救われる方法があるとしたら、それは発想の転換。試練は試練として受け止め、自分の中で試練との向き合い方を考え直すしかないんです。

―すべての人生について（対談集）―

特別の苦労

世の中ってね、幸せのかたちはみな似たりよったりだけれど、不幸のかたちはどれも別々なの。みんな特別の苦労を背負っている。貧乏な人も、お金持ちも。だからあなたはべつに、特別な人じゃないのよ。

もしあなたが特別の苦労をしているとしたらそれは――そう思いこんでいるあなた自身の姿が、不幸なのよ。

―王妃の館（小説）―

自力で覚えたことは血肉になる

「父は子を甘やかす。子は父に甘える。親から教わったことが、血肉になどなるものか。だめなやつらは、親がいなかったからだとか、親がろくでなしだったからだとか言うが、それはこじつけだ。親のいねえやつほど物はきちんと覚える。ちがうか、雷哥《レイコオ》(1)」

生い立ちを見透かされたような気がした。言われてみればなるほど、自分が父親から教わったことなどは何もない。子供に物を教えるほどの余裕も知恵も、春雷《チュンレイ》の父母にはなかった。少くとも戦う術のすべては、ゆきずりの馬賊たちから授けられたか、見よう見真似で覚えた。だからこそ血肉になったのだと思えば、そうかもしれない。

―中原の虹（小説）―

(1) 李春雷《リイチュンレイ》の呼び名

誰しも行くべきところはある

「パリにも貧乏人は大勢おるよ。東京と同じようにね。貧しい人は世界じゅうどこに行ってもいる。人間は与えられた環境で、不幸や貧しさに打ち克《か》って行かねばならない」

「おいらにァ、とても無理だよ。学問もねえし、体もちっちえし、根性だって曲がってる」

「いいや」

と、永井先生は顎《あご》を振った。

「私はそうは思わない。君の苦労をつぶさに見たわけではないが、私にはどうしても、君がそれほどの不幸を背負っているとは思えない」

「勝手なこと言うなよ」

歩くほどに、父と母の骨は重みを増すようだった。振り分けに首から下げた骨箱の骨が鳴るたびに、松蔵の肩も軋《きし》んだ。

涙をこらえて瞼《まぶた》をもたげると、満開の桜がただれ落ちるようににじんだ。

「止まってはいけない。歩きなさい」

「おいら、もう歩けねえ。行くあてもわからねえのに、歩けやしねえよ」

「歩きたまえ。止まってはいけない。人の迷惑になる」

花見の人の波が、松蔵を石くれのように追い越して行く。

「行くあてのない人間など、この世にいるはずはない。誰しも行くべきところはある。行かねばならない場所がある。さあ、歩きなさい」

永井先生は強い力で、松蔵の背を押した。


―天切り松闇がたり　第二巻　残侠（小説）―

人生は運不運ではない

人生は運不運じゃありませんよ。それを言うなら幸か不幸かでしょう。なあカオルさん。君はわかるだろう。そうさ、運だの不運だのは、力の至らなかった人間が口にするセリフなんだ。だから力を出し惜しむときも、人はそれを言う。何でもかんでも運のせいにした日には、人間は獣と同じだろうに。

——霧笛荘夜話（小説）——

下を見て歩け

「辛抱だよ、松。辛抱するんだ。おまえよりも私のほうがずっと悲しい。私よりも銀次親分のほうが、もっと苦しいんだ。自分よりも気の毒な人間のいるうちは、辛抱をしなけりゃいけない。上を見ずに、下を見て歩け。自分よりかわいそうな人間だけを、しっかりと見つめながら歩くんだよ」

―天切り松闇がたり　第三巻　初湯千両（小説）―

代償としてのやさしさ

ひとつ屋根の下で暮らしていた父も母も、自分とは血がつながっていなかったのだとマリは言った。もとは母の連れ子で、その生母が早く死に、養父が後添をもらったのだ、と。まるで冗談のように笑いながら言ったので、安男も冗談のように聞き流した。

たぶん、冗談めかして笑いとばさなければ伝えようのない、真黒な記憶なのだろう。

そう思いつけば、マリの天性と思える明るさは、まして悲しい。

不幸という魔物の存在を、はなから否定してかからなければ、マリは生きられなかったのだと思う。だからマリの中には、嫉妬も懐疑も打算も、人間が個人的な幸福をかちとるための欲望は何もないのだ。

やさしさは、そうした生き方の代償なのだろうか。

――天国までの百マイル（小説）――

神様の按配《あんばい》

いいかい、ふさ子。おまえは両親に早く死なれて、ひどい苦労をしてきたけれど、それはけっして不幸なことじゃないんだよ。なぜかって、人生の幸福と不幸の目方は同じだからさ。神様はちゃんとそういうふうに、ひとりひとりの人生を按配してくれているんだ。子供の時分に不幸だったおまえは、必ずその不幸の分だけ幸せになる。

―王妃の館（小説）―

生きることは甘くない

「あの人に、恨みつらみはあります。せやけど、恩も情けもありますねん。さんざ可愛がってもろたし、夢も見さしてもろたし。そないなことまで、一切合財のうなってしもたら申しわけない思うのやけど」

坊さんはきっぱりと言うてくれはった。

「しがらみや」、て。

「しがらみや。ええか、それはしがらみいうもんや。人は生きなあかん。極楽往生して、仏さんのおみあしに傅《かしず》くまでな、一所懸命に生きなならん。恨みつらみは水に流し、恩や情けを岩に刻んで生きよなぞというのんは、人生をなめくさっている人間の言うこっちゃ。生きるいうことは、そないに甘いもんやない。恨みつらみも、恩も情けも、この先の長い人生の道を踏み惑わせる種になることに変わりはないんやで。人はみな、ややこのようにまっさらな気持ちで、たしかな一歩を踏まなあかん。その一歩一歩が人生や。恨みつらみも愛すればゆえ、恩も情けも愛するがゆえ、片っぽを流してもう片っぽをうまくせき止めるよな都合のええしがらみなんぞ、あるもんかいな」

しがらみいうのんは、「柵」いう漢字を書くのやそうどすなあ。水流れをせき止める棒杭のことどす。なるほど、そないに都合のええしがらみはあらしまへんどすやろなあ。

すべて、忘れさしてもろた。恨みつらみも、恩も情けも、お顔も、肌のぬくもりも。ほんで、何とかきょうまで生きてくることができましてん。

―月下の恋人　忘れじの宿（小説）―

涙を知れば知るほど笑いは深い

これまでいろんな人間と会ってきたけれど、共通して言えることは、ロウアーな人間ほど明るい、底辺に行けば行くほど人間は明るくなるということ。逆に、不思議な現象で上に行けば行くほど人間が暗くなる。

何が暗いって、永遠のお坊ちゃまみたいな奴だよな。食うことに不自由しない、未来を考えない。これが、暗いんだよ。「こいつ、なんでこんなに物に不自由しないのに暗いのかな」って。人を笑わせるにしたって下手だしさ、つまんないギャグ言っちゃ周りがみんな義理笑いで「ワッハハハ」っていう。ロウアーの社会の冗談はもっとぜんぜん切れるよ。

それはしようがないんだよ。言ってみれば現実逃避なんだから。現実逃避と現実糊塗。笑っていなけりゃ泣けてくるような世界で生きてんだから。

だから、笑いっていうのは天性のものではある。ではあるけれども、本当の笑いっていうのはハイソサイエティの社会の中にはないな。涙を知らないから、笑いも知らない。泣きもしないしさ。泣くのは明らかに経験。たいがい誰でも年がいくと、どんどん涙もろくなるよ（笑）。

―待つ女（語り下ろし）―

堕《お》ちないための努力

自慢じゃないが私は相当なマイノリティの出身で、学歴もなければ人に言える職歴もない。貧乏歴なら人後に落ちぬ。

赤ん坊と身体障害者の老人を抱えて、一文なしで路頭を徨《さまよ》っていたころ、中央公園にたむろするホームレスの輪の中に入って、彼らにしか言えぬ愚痴をこぼしたこともある。

そんなときふと、彼らの浮世ばなれした生活に憧れたこともたしかである。社会人としてのすべての義務を放棄し、自分ひとりの生きる方法を考えれば、幸福は確実に保障されると思った。少くとも泥棒をしたり一家心中をしたりするよりは、賢い選択であろうと考えた。

そのとき、私を輪の中から立ち上がらせ、彼らに背を向けさせたものは何であったろう。

卑怯だ、と思ったのである。

私がそうして職を探しあぐねている間にも、女房は借金を返すためだけのパートに出ており、老母は不自由な体で赤ん坊の世話をしている。個の幸福を希《のぞ》むことは卑怯だと思った。まさしく敵前逃亡だと思った。

住み慣れた地下道を追われること、それはホームレスたちにとって切実な問題であろう。だが、その切実さを彼らの存在理由として容認するならば、高い物価と家賃にあえぎ、リストラに日々兢々《きょうきょう》として彼らのかたわらを足早に歩み去るおやじどもは、みな等しく切実なのである。

人は、もはやこれまでと思えば石に蹴つまずいても死ぬ。死なないように、堕《お》ちないように懸命の努力をすることこそ、人の人たる所以《ゆえん》なのである。少くとも私には、ホームレスの人々が「堕ちないように懸命の努力をしてきた」とは思えない。

――勇気凜凜ルリの色　四十肩と恋愛（エッセイ）――

勝ち取った幸福

ふっと振り返って、あの頃は大変だったなという感じがするけれど、その当時はたのしかったわけ。作家になるという大きな夢があった。夢があるっていうのは幸せよ。僕が昔、子供の頃いい暮らしをしてたときっていうのは、与えられた幸福だから、幸福感がないよね。

でも、今はやっぱり自分で家族とともに勝ち取った幸福だから、ものすごく幸福感があるんですよ。

――すべての愛について（対談集）――

心の支えとなる存在

―「信頼」について―

人間が生きるのは、義務だもの。
どんなに痛くたって、どんなに苦しくたって、
自分を必要とする人がいる限り、悲しむ人がいる限り、
一分でも一秒でも生き続けなくちゃいけないんだもの。

―プリズンホテル　3　冬（小説）―

自分がくすぶったときに

特に昔の悪いことしてたときの仲間はミーハーしないやつが多い。あいつはもう違う世界の人間だからって離れていく。すごく寂しい。

だから友情っていうのは自分がくすぶったときに大事にしてくれた奴に感じるね。

特に博打打ちは〝くすぶり〟を嫌う。病気のようなもんだから。でも、そういうときに「お前には金は貸せねえけどよ」と言いながらも付き合ってくれる奴。友情を感じるよね。忘れないよ、そういうの。

――すべての愛について（対談集）――

腐れ縁の共通点

さほど冷淡な性格ではないと思うのだが、なぜ「何だか冷めちゃった」のか、「何だかつまらなくなっちゃった」のか、ここはおのれの人生を顧みる必要があると考えた。

そこでかなり独善的な結論を見たのである。あくまで私の場合であるが、昔から長く交わりの続いている友人はみな読書家で、いっときは仲が良かったものの別れてしまった人は、みなそうではなかった。

読書をすると美しくなるという説があるけれど、それは少々詭弁《きべん》であろう。ただし友情や愛情を持続するにふさわしい、面白みのある人間になることはまちがいない。

つまり活字に親しんでいない人は、よほど天性のキャラクターを持ってでもいない限り、話材にこと欠き思慮も浅いので、長い間には飽きてしまうのである。まさか口には出さぬが、私が内心「何だか冷めちゃった」「何だかつまらなくなっちゃった」

と呟《つぶや》いた、その「何だか」という得体の知れぬわがままの真相は、それであったような気がする。

また一方、おたがい文句を言い合いながらいつまでも続いている友人が多くいる。いわゆる「腐れ縁」である。彼ら彼女らの共通点はみな読書家で、性格のよしあし、相性のよしあしにかかわらず、けっしてつまらない人間ではない。飽きないからこそ永遠の友なのである。

はたしてこれは、読み書きを生業《なりわい》とする私の個人的な人生観であろうか。

――ま、いっか。（エッセイ）――

万年幹事

私もいろいろな人に支えられてきているが、なかでもということになると、小学校、中学校、高校、それに自衛隊のときの仲間ですね。彼らの言葉にならないような何気ない言葉にどんなに支えられたかしれない。だから小学校から自衛隊まで、仲間とはずうっと付き合っているんです。同窓会となれば、私がいつも幹事役です。

自分ではそういうことには不向きだと思うんですがね。私は酒を飲まないから会計を間違う率が低いし、酔っ払ったやつの介抱に適役だと思われているんでしょう。だが、万年幹事を自分でも喜んでいる部分があるんです。仲間に支えられて今の自分があるという実感があるからでしょうね。

—すべての人生について（対談集）—

本物の男たち

それにしても、人間の記憶とはまことにいいかげんなものである。会場に入ったときには誰が誰やらまったく見当がつかず、渡された名簿の氏名すらも思い出せなかったのであるが、ものの三十分後にははるかな時間を超えて、昭和三十九年の教室に座っているような気分になった。

よくよく見れば、実は先生と同様に、誰も変わってはいないのである。顔形もしゃべりかたもちょっとした癖も、みな三十年前のままなのであった。

級友のひとりが、私の顔をしげしげと見つめながら言った。

「おまえ、ぜんぜん変わってないな」

ちょっとビックリした。なぜなら、絵に描いたようなエリート人生を歩んできた友人たちにひき較べ、私の三十年はまともではなかったから。

「……そうかな」

「そうだよ。頭がハゲて、メガネをかけただけじゃないか。どこも変わってないよ」

思わず目頭が熱くなった。彼が三十年前にも白皙《はくせき》の医者のような顔をしていたように、かつての私もまた小説家のような顔をしていたのであろうか。

同時にこうも思った。医者にも教授にも商社マンにも実業家にも、やはり人には言えぬ三十年間の労苦があったのだろう、と。

彼らが生れついてのエリートだったのではない。彼らはきっとエリートたらんとするものの矜《ほこ》りにかけて、さまざまの艱難《かんなん》を乗り越え、本物のエリートになったのだ、と。

何だか自分の体が萎《な》えしぼんで行くような気がした。小説家になりたい一心で、半生の経験を売り物にしてきた自分が恥ずかしかった。

本物は決して衒《てら》わぬものだということも知った。彼らは一様に、自分が成功者だとは思っていない。みんなすごいな、と誰もが言っていた。

真の努力をした者は己れの努力の至らなさを知る。だからその結果、どれほどの名望を得ようともそれを容易に信じようとはしない。自分を取り巻く人々のすべてが、自分よりすぐれた者だと考えてしまう。

そんな十五名の級友は、ひとりひとりが本物の男であった。ひとときの宴が終わり、雨の路上で別れるとき、それまでひとことも言葉を交わさなかった友人が、私の肩を抱き寄せて言った。

「おまえ、どこ行ってたんだよ。心配してたんだぞ」

ごめんな、と言うほかに言葉は見つからなかった。友人たちは志を達した私を祝福してくれたわけではなかったのだ。私が教室に戻ってきたことを、心のそこから喜んでくれたのだ。

どうしても小説家になりたかったから、と言いかけて、私は口をつぐんだ。それが仮に私の彷徨《ほうこう》の大義であったにせよ、三十年前の感情を昨日の痛恨事のように思い出してくれる彼らの友情を、私はあの日、裏切った。

雨の路上を振り返った。十五人の、決して自らを選良だとは信じぬ本物の男たちが、もろ手を挙げて私を見送っていた。

―勇気凜凜ルリの色　福音について（エッセイ）―

便利かつ不便な存在

競馬を始めて三十年、むろん馬との付き合いは女房より古い。

この女性は馬から遅れること五年でわが家にやってきた。すなわち私の人生の中で最も古い付き合いは原稿用紙、次が馬、次が女房、という順になる。

したがって私の生活における優先順位もその通りである。考えてみれば気の毒な話だが、この女性は人間であるにもかかわらず、四半世紀の長きにわたって紙と馬とにしいたげられてきた。

はっきり言って、女房と行動を伴にするのは便利である。しかしその一方、便利すぎて不便でもある。

私より力持ちなのでポーターとしての役目も果たしてくれるし、私より高学歴であるからデータもきちんと取っている。しかも門前の小僧を長く勤めたせいで、馬券センスはよい。

こういう便利な相棒がいると、いきおい馬券も過熱し、自然と負けがこむ。ふつうの女房ならたいがいにしときなさいと止めるところだが、彼女の場合は負けたものはとり返しなさいとムチを入れる。高利の金も貸す。つまり、秘書兼ポーター兼高利貸しとでもいうべき彼女こそ、私にとってはこのうえなく便利かつ不便な存在なのである。

―サイマー！（エッセイ）―

きみの夢は？

僕はプロポーズしたことはないんですけど、結婚を決めた瞬間というのは覚えてるんです。彼女はまだ青山学院の大学生で、僕は風来坊だった（笑）。

僕はなんかマドンナを見るような感じでいたから、何もせず、お茶を飲んだり食事をしたりしてたんですよね。

ある日、タクシーで彼女の下宿まで送っていく途中で「きみの夢は？」って聞いたんです。

僕は彼女に恋愛感情というのは別に持っていなかった。

そうしたら、

「一つだけ決めてることがある。私はどうしても小説家のお嫁さんになりたい」。

僕はそれを聞いたとき、腰を抜かしましたよ。

僕は、中学生の頃から一生懸命小説を書いて、末は小説家って考えてたわけだ。俺、しゃべってないよ。僕の部屋にも当然来たことはないし、本があるのも知らない。それで「どうして？」って聞いたら、「すっごく本が好きだ」と言う。小説家の奥さんというのは、小説家が書いた小説をその場で読めるだろう、まだほかのやつを。これは快楽でしょうというようなことを言ったわけです。

――すべての愛について（対談集）――

二足のわらじの生活

私は結婚したのが二十一歳と早く、自衛隊を出てすぐに結婚したようなものです。十年以上もその生活の中に家族といると、不思議なもので家内も年寄りも娘も完全に染まってしまい、お父さんとはこういうものだと思い込んでいます。何の疑問も感じない。

家の中では小説を書くことを「仕事」と言います。それでは昼間の仕事は何なのか。昼間の仕事は仕事とは言わずに「商売」と呼んでいます。「お父さんは商売から帰ってきた。これから仕事を始めるって」こんな感じで二足のわらじの生活に取り組んできました。

忘れもしません、三十五歳の春でした。

相変わらず新人賞を落ち続けていた時に、突然、あまりメジャーでないある雑誌の編集者から「原稿を書いてみないか」という電話がありました。これには欣喜雀躍《きんきじゃくやく》でした。

早速その方と会いました。私の兄の関係で旧知の人でしたが、私が随分苦労をしているようなので、何かエッセイでも書いてみませんか、というわけです。このときはうれしかった。何しろついに「仕事」が来たわけですから。

―勝負の極意（エッセイ）―

たくさんのお尻

昨年、『蒼穹の昴』の印税が入ったので、家を買いかえました。一説には「蒼穹の昴御殿《ごてん》」というあらぬ噂が飛んでいるようですが、家を新築しました。長年、二足のわらじの時代に住みなれた古家を後にする時に、非常に感慨深いことがありました。狭い家でしたが、家具を全部運び出してしまうと、意外に家って大きいものです。

長年苦楽をともにした家内が、畳《たたみ》をふきながらしくしく泣いていました。

この気丈なやつが、何でこんなことで泣いているのだと思ったら、畳に私のお尻の跡がずっと残っていたのです。自分でも途中で気がついたことでしたが、私は机に向かって小説を書く時に、座ってお膳で小説を書く習慣があります。つまり、畳の上に座っていると、お尻の形に畳がへこむんです。それもそのはずで、努力目標で一日六時間、実質三時間という生活をずっと続けていると、当然畳はへこみます。畳がへこんでくると、机の高さが微妙に変わってきます。せり上がってきてしまうのです。そうなると、書きづらくなり、四十肩でもあるので、疲れてくる。今度はわずかにお膳を移動します。お尻も半分移動すると、居心地がよくなる。それを何カ月かにいっぺんやっていくと、ちょうど壁に沿ってお膳の一メートルぐらい後ろの畳が、お尻の形にでこぼこになる。たくさんのお尻がそこに並ぶようになる。

これには私も唖然《あぜん》とするばかりでしたが、家内は相当思うところがあったようで、畳のお尻の跡をなぜながら、いつまでも泣いていました。

―勝負の極意（エッセイ）―

親分と子分

「私《あっし》ァ、痩せても枯れても、仕立屋銀次の子分でござんす。よしんば天皇陛下がそうせえと仰せになったって、親を売ることなんざできやしません」

「ばかやろう。二千の手下を束ねられる器量は、おめえのほかにいはすめえ」

安吉の声は闇がたりのまま、切ない涙声になった。

「二千の親になるよりも、私ァ親分ひとりの子でいてえんだ。ひとりの親のために、二千の子を路頭に迷わすのは不義でござんすか」

「そうだ。おめえは大ばかやろうだ」

「何と言われたって、私《あっし》ァ親分ひとりの子でござんす」

―天切り松闇がたり　第三巻　初湯千両（小説）―

かけがえのない親友とは

とても他人が口を挟めるこっちゃなかった。そうよ、次郎衛《じろうえ》様と吉村さんは他人じゃなかったんです。この世に二人とはいねえ、かけがえのねえ親友だった。

吉村さんの顔を赤子みてえに抱きすくめて、次郎衛様はこうもおっしゃいました。

「わしは、またひとりぼっちになってしもたではねが。のう、貫一、わしをひとりにしねで呉《け》ろ。お前がいねえと、わしは生きて行けねのじゃ」

吉村さんは、きっと次郎衛様の生きる支えだったんでござんしょう。あの人がいたから弱い心を強くして、次郎衛様は頑張ってらしたんだと思います。

かけがえのねえ友だちってのァ、そういうもんでござんすよ。

──壬生義士伝（小説）──

心に泛《う》かぶ母の顔

「拙者のごとき武骨者にはわかりませんな。なぜ皆さんの心に泛かぶのが父ではなく、母御《ははご》であるのか」

「さあ、なぜでしょうね」

「皆さんに学問を授けたのは、母御ではありますまい」

「それはそうですけど——」

と、文秀《ウェンシウ》はふしぎそうに顔を覗きこむ兵士に向かって、思いついたことを言った。

「たとえばあなたが戦に出て、もはやこれまでと覚悟を決めたとき、心に泛かぶのはあなたに弓矢を教えた父上の顔ではありますまい」

兵は歩きながら考え、疲れた溜息をついた。

「なるほど……そうかも知れませんな。何だか損をしたような気がします。拙者も倅《せがれ》には毎日のように弓矢を教えておりますから」

母の声は耳から去らなかった。

（人の初め、性はもと善なり
　性は相近く、習い相遠し）

言葉の意味をたぐるほどに、文秀の胸は冥《くら》くなった。それはいつか遠い昔、耳元に聴いた母の訓《おし》えにちがいなかった。

いったいいつのことだったろう。喚《よ》び起こそうとする記憶の底から、またひとつ母の声が聴こえた。

（才は以て非を飾るに足る――わかりますか、史了《シーリァオ》(1)。学問はあなたのどんないけないところも、すべて被いかくしてくれるのよ）

小さな自分の顔を胸元から抱き起こしてそう言った母の、たおやかな微笑が甦った。

―蒼穹の昴（小説）―

(1)文秀の呼び名

故郷はやさしい

惣門を抜けると街道は右に折れ、やがて川のほとりに出ます。

土手に登ると、一面の雪景色の中に南部の母なる北上川が、ゆったりと流れていた。

二十数艘もの小舟を鎖で繋げた舟橋を渡れば、もう振り返ってはならないと私は思った。

御城に向かって頭を下げ、暇乞《いとまご》いをしたとき、私はふいに思いついて心打たれたのですよ。

ああ、十年前に吉村先生も、こうして暇乞いをしたのだ、と。

人目を忍んで生まれ故郷を捨てる気持ちは、おそらく同じでしたろう。

城下の甍《いらか》の先には、不来方《こずかた》の名城と謳われた御城があり、その向こうには真白に雪を冠った岩手山がそびえておりました。

盛岡は、そんな私にすらやさしかった。この町に生まれ、この町に育ち、そのやさしさに何ひとつ報いることなく背を向ける私に、盛岡の山河はそれでもやさしく微笑みかけてくれているようでありました。

心おきなく行かれよ、とね。盛岡のことなど忘れて、お国のために尽くせよ、とね。新しい国家は私の故郷を滅ぼしてしまったのに、その故郷が私に言うのですよ。国家のお役に立て、と。

あのころ盛岡を出た若者たちのひとりひとりが、舟橋の堤に立ってみな同じ声を聞いたと思います。私も、従兄の松衛も、大野千秋も、もちろん、原敬さんもね。

誰にわかってほしいとも思わない。だが、私たちはみな、やさしい南部の声を聞いた。盛岡とは、そういう町なのですよ。

―壬生義士伝（小説）―

落ちこぼれがいない組織

「十八、九で取柄のあるやつなんかいるものか。取柄ってのは自分で作るもんだって」

衛門から出たとたんに、どういうわけか和田も渡辺も歩みが遅くなっていた。空気に合わせて歩けば、その速さになる。

「同期のやつらを見渡してみるとな、最初から取柄のありそうなやつって、あんがいだめなんだ。取柄がないと思っているやつが、いい兵隊になる。中味がまっさらだと何だって言われた通りにやるだろ、どうやらそれがいいらしい」

「俺、通用しますかね。体もナマってるし、手も早いし、人づきあいもうまかないんだけど」

「おまえが通用するかどうかじゃなくって、俺たち助教がおまえら全員を通用させなけりゃならないんだ。そんなの、今さっき部屋にいた連中を見ればわかるだろう。自衛隊には落第生がいないからな」

「どうして？　出来のよしあしってあるでしょう」

「多少はあるけど、落ちこぼれはいない。なぜかわかるか」

人生の是非にかかわるような、大事な話を聞かされているような気がした。渡辺は作業帽の庇《ひさし》を上げて、夜空にそびえるマンションを仰ぎ見た。

「ひとりのバカのせいで、十何人の戦闘班が全滅する。一個班がノロマだと一個小隊が全滅する。だから軍隊っていうのはどこの国でもそうだけど、優秀な兵隊を作るんじゃなくって、クズのいない部隊を作ろうとするんだ」

柵の中と外との空気のちがいは、それかもしれないと米山は思った。もし渡辺の言う通りだとすれば、日本中どこを探したって、そんな学校も職場もあるわけはないのだから。


――歩兵の本領（小説）――

自衛隊が教えてくれたこと

最終的には自分で自分の責任を取らなきゃいけないのが人生。僕にそのことを教えてくれたのは自衛隊でした。いつも戦争の訓練をしていたわけですが、だれも助けてなんかくれません。それが軍人の一番考えていなくてはならない基本的なことですから。自分の命は自分で守るしかないんですよ。その経験が社会に出てからもとても役に立っています。

何でも人のせいにしようと思えば、いくらでも人のせいにできます。でもそれを言ったらキリがない。人のせいだと思うから腹が立つということもある。「悪くなったのは自分のせい、良くなったのも自分の実力」と思えば、一番ストレスがないのではないでしょうか。

――すべての愛について（対談集）――

男子の本懐

私は自衛隊で、歩兵の本領だけでなく、男子の本領といったものを教えられたような気がします。自衛隊には永遠に男子の本懐を保存する立派な器であってほしい、というふうに考えています。

私、本当にいまでも自衛隊が大好きなんです。いまでも当時の夢を見るほどです。それくらい自分にとっては懐かしく、また、輝かしい時代でありました。

―ひとは情熱がなければ生きていけない（エッセイ）―

矜《ほこ》りがあるから頑張れる

「ま、頑張れ。おまえなら大丈夫だ」
それは、自衛隊が去りゆく兵士に向かって送ってくれたエールであった。たぶん私はその一言に支えられて、食えぬ時代を何とか食いつなぎ、なれるはずのなかった小説家になれたのだろう。

憲法も思想も世論も、私にとってはどうでもよい。かつて自衛官であったればこそ、今日まで生きてくることができた。今も地下鉄の車内で昏倒《こんとう》してしまうまで、頑張って原稿を書くことができる。体力を過信しているのではないと思う。矜りがあるから、頑張れる。

―勇気凜凜ルリの色　福音について（エッセイ）―

訓《おし》えは生き続ける

――「師」について――

何ごとも同しじゃが、基本の形を習熟しておれば、
そののちはよしや習わずとも見よう見真似で何とかなる。
しかしこの基本に疎ければけっして上達はせぬ。
何ごとも同し、というは、
実に人生の全般に通ずるという意味じゃな。

―一刀斎夢録（小説）―

父ならば……

明治、大正と急速な西洋化をめざすあわただしい世のうつろいにつれ、子供の教育は学校と母親の手に委ねられた観がありますが、武家の時代においては少なくとも男子の教育のほとんどは、責任を以て父親がこれに当たっておりました。そうしなければ、「家」というものを保つことができなかったのです。

したがってどこの家でも、男子は父親によく似ておりました。自分の言動について、「父ならばどうするのだろう」「父ならば何と言うのだろう」と逐一考える。一事が万事そういう具合ですから、長じるにつれて誰もがいよいよ父親に似てくるのです。

―壬生義士伝（小説）―

人生を支える言葉

あれはいつだったかな、おふくろと新宿で飯を食ったんです。それが終わって、路上で別れたわけです。で、ちょっと歩いて振り返ると、人込みの中におふくろの顔が見えた。それで、じゃあと手を挙げて、また歩きだした。家に帰り着いたら、途端に電話がかかってきましてね。おふくろからです。「男は一度別れたら、後ろを振り向くようなことをするもんじゃない」と叱られました。そうかと思って電話を切ってから、じゃあおふくろはどうしていたんだろうと思ったんです。おふくろは遠ざかっていく私の後ろ姿をずうっと見送っていたんじゃないか。そのことに気づいたら胸が熱くなりました。

縁は薄かったですが、いい両親でしたね。人生を支える言葉というと、あのときのおふくろの言葉を思い出します。

——すべての人生について（対談集）——

偏屈な江戸ッ子の人生観

子供のころから学問をせよと言われたことはただの一度もないが、耳にタコができるほど聞かされた訓《おし》えがある。

まずいものは毒。

きたない身なりは恥。

偏屈な江戸ッ子の人生観ではあるが、どのように貧乏をしても、この訓えだけは守った。たぶん男としてのぎりぎりの矜持《きょうじ》を、私はこの二つのこだわりだけで保ってくることができたのだと思う。


―サイマー！（エッセイ）―

亡き祖父母の視線

私の生家は身なりにやかましかった。

祖父母からも父母からも、勉強をしろなどという無粋な説教はされたためしがなかった。そのかわり、登校するときも遊びに出るときも、厳重な服装点検をされた。よし、と言われるまでは何べんでも着替えさせられるのである。

ために遅刻をすることしばしばだったが、それでも傍目《はため》に悪い格好をするよりはまし、というのがわが家の揺るがせざる道徳であったらしい。

絵に描いたような江戸前の気風である。すこぶる人口が過密であり、しかもその人口の半分を武家階級が占めていた江戸では、見栄を張るというよりそれくらい傍目を気にしたのであろう。

三つ子の魂百までの格言通り、百までは程遠いがなかばの五十をとうに過ぎた今日でもこの習慣は変わらない。外出前は亡き祖父母の視線を感じて、合格するまで何度も着替えをする。在宅の日ですら、朝昼晩と普段着を替えねば気がすまない。年齢とともに衣裳も増えるので、その手間にかかる時間たるや毎日一本の短篇小説が書けるのではないかと思うほどになった。

―ま、いっか。（エッセイ）―

父に見習うべき常識

のちに分析したのだが、父に見習うべき常識とは「金銭感覚」と「時間の使い方」で、見習ってはならない非常識はそれ以外のすべてである。
すなわち縁《えにし》の薄い倅《せがれ》は、金と時間の取扱方法だけを父から教わった。もっともその二点の卓抜によってのし上がった人であるから、説教のいちいちはまさに金言である。

―ひとは情熱がなければ生きていけない（エッセイ）―

父の訓え　其の一

「何だって早くすませちまおうとするな。手順よくやるのが一番早えんだ」

「いっぺんにあれこれやるほどおめえは利口じゃねえ。ひとつっつ片付けろ」

かつて私が商売で往生しているとき、そんなことを言われた。金はけっして貸してくれなかったが、知恵はいくらでも貸してくれた。つまり、時間に追われてパニックに陥ってはならないということだろう。ちなみにこの戒めは、小説家になった今になってたいそう役立っている。


―ひとは情熱がなければ生きていけない（エッセイ）―

父の訓え　其の二

「足し算をしているうちは銭は残らねえ。掛け算を覚えなけりゃだめだ」

この口癖については長いこと考えさせられてきたが、「チリも積もれば山」というほど単純な意味ではないと、近ごろになってようやくわかった。今の私の生活にあてはめれば、足し算は原稿料で掛け算は印税ということになる。実にわかりやすい。

―ひとは情熱がなければ生きていけない（エッセイ）―

父の訓え　其の三

「商売は物の売り買いじゃねえぞ。金利との格闘だ」

これは金言中の金言である。むしろ、「人生は金利との格闘だ」と言いかえても良いであろう。利息だの手数料だのという、いっけんどうでも良さそうな細かな単位の累積が、長い人生では決定的な意味を持つ。前言の「足し算」「掛け算」と考え合わせれば、父の基本ポリシィがわかる。

—ひとは情熱がなければ生きていけない（エッセイ）—

読者が待っている

吉川英治賞の授賞式では、私は本当にいい出会いに恵まれました。

同じ時に吉川英治文化賞を受賞したのは、北海道で僻地医療に四十二年間も専心してきた老齢のお医者さんでした。

この人はもちろん受賞を喜んでいるのだが、態度は無愛想なぐらい淡々としているんですね。それでパーティー半ばに私に近づいて、「これで失礼します。患者が待っていますから」とさり気なく言って会場を出ていかれた。

それだけのことなんだが、鮮烈でしたね。胸が震えました。

仕事をしている人は誰でも公器、公の存在なのだとつくづく思ったのです。

仕事をする限り、誰かと関わっているんだ。私が書いたものも一人でも二人でも楽しんでくれて、なかにはその人生や生き方に影響を及ぼすかもしれない。

そのことをいつも頭に入れて、あの人が「患者が待っている」とさり気なく言われたように、私も「読者が待っている」とごく普通に言えるようにならなければならないと、褌《ふんどし》を締め直す気持ちになりました。

──すべての人生について（対談集）──

ご恩だけ胸に刻め

誰も恨むのやない。ご恩だけ胸に刻め。

遺言を心の中でくり返すうちに、それまで思いもしなかった答えがふいに降り落ちてきた。

千年の芸に人並の愛憎など要らぬ。俗を饗《もてな》す芸が、俗であってはならぬ。さあればこそ人は、その芸に感動する。恨みも妬《そね》みも嫉《ねた》みも、愛する心すらも要らぬ。芸を修めた身ばかりを矜持《きょうじ》とし、それを授かった恩だけを胸に刻め。聖なるものを衆俗の娯《たの》しみとして分かち与えること、それだけが島原傾城《けいせい》(1)のつとめだ。

音羽太夫《おとわだゆう》(2)は糸里《いとさと》が幼いころからずっと、そのようなことを囁き続けていたのではないのか。

遺髪を胸に抱いて、糸里は耳に迫る雨音を聴いた。

——輪違屋糸里（小説）——

(1) 官許により遊宴の席で接待する女性。その中での最上位が「太夫」

(2) 糸里が姉のように慕っていた太夫

腹を立てちゃいけない

「君は、ずいぶん安全運転をするんだね」

苛立《いらだ》ってはいるがまさか飛ばせとも言えず、武田は少年の横顔に語りかけた。

「親分が、制限速度だけは守れって。とくに、急いでいるときやイライラしているときは、ゼッタイにスピードを出すなって。自分、今はふつうじゃねーから、運転だけは気をつけてるんス」

武田は苦笑した。純一は素直な子供だ。

「ほかに親分から教わったことは？」

「そうっスね。いろいろあるけど、一番胸に残ってるのはね、腹を立てるなってことです」

「ほう、それはどういうことかな」

とぼけて訊《たず》ねた。自分の教えを、純一がどのくらい正確に理解しているかを知りたかった。

「自分らは、世間様の厄介者だからね。カタギさんたちにおまんまを食わしてもらってるんです。だからいつも頭を低くして、腹は立てちゃいけねえって」

「テキヤはけっして卑しい仕事ではないよ。そのあたりをはきちがえてはいけない」

「あれ、親分もたしか同じこと言ってたな。つまり人間は、社長さんでも国会議員でもヤクザでもおまわりでも、みんな同じだって。みんな誰かしらの厄介になってて、おまんまを食わしてもらっているんだから、このさき稼業がえをしても、どんなに出世しても、その気持ちを忘れるなって。自分を食わしてくれる人はみんな恩人なんだから、頭を低くして、腹を立てちゃいけないって」

武田は黙って肯《うなず》いた。コンプレックスのかたまりの少年たちに、最も肝に銘じてほしいことだった。

——椿山課長の七日間（小説）——

おまえは小説家にはなれないよ

Nさんは学校のそばのアパートに独り住まいをしていた。実家は広尾あたりの裕福な家であったから、わざわざアパート住まいをしていた理由は知らない。

文学書と原稿用紙でうずめつくされたその部屋に、私は入りびたるようになった。私はその部屋で、読めと言われたものを読み、写せと言われた小説を原稿用紙に書き写した。中学の三年間、放課後と週末のその生活は、私にとって学校での学問よりもずっと意味が重かった。私はNさんの興味の赴くままに、鷗外を読み、荷風を愛し、谷崎を写し、川端を誦《しょう》した。スタンダールもトルストイもジョイスもプルーストも、みんなNさんの趣味のおこぼれだった。

ときどきコンサートにも行き、オーケストラの美しさも知った。モーツァルトもピカソもゴッホも教わった。Nさんは幼い私にとって、あらゆる美の伝道者だった。

おまえは小説家にはなれないよ、というのがNさんの口癖だった。どうしてですかと聞くと、ただ、おまえには才能がないから、と答えた。

言われるたびにいつもくやしい思いをした。だが、Nさんはつねづねそう言うことで、私の努力を喚起していたのかも知れない。そんな気がする。

Nさんは私が中学三年の夏休みに死んだ。北信濃の湖で溺れたのだった。

信州に旅立つ朝、私は新宿駅のホームでNさんを見送った。列車の窓を開けて、そのときもNさんはしげしげと私を見つめながら、おまえは小説家になれないよ、ラッパはうまいから、ピアノを習って音大へ行け、と言った。

いいえ、僕は小説家になります、と私は答えた。勝手にしろ、はい勝手にします。笑いながらそんな永訣の言葉をかわした。


―勇気凜凜ルリの色　四十肩と恋愛（エッセイ）―

俺は小説家なのかな

インタヴューや対談のたびに、私はずいぶんと偉そうなことを言う。活字になって初めて、ああまたこんなこと言っちゃったと、溜息をつく。あるいは、編集者たちを摑まえてしたたかな文学論を吹聴する。おそらく皆さん辟易《へきえき》しているであろうことはわかっている。

それもこれも、Nさんの口癖であった「おまえには才能がないから小説家にはなれないよ」という言葉に、今も呪縛されているからだろうと思う。だからそうしていつも虚勢を張ってしまう。

Nさんは私の書いた作文のような小説を、ただの一度もほめてはくれなかった。だからあれから三十年も小説を書き続けて、本がたくさん出版されて、有難い文学賞までいただいても、自分が小説家になったという実感が湧かない。俺は小説家なのかな、などという間の抜けたことをしばしば口にして、編集者たちを笑わせる。

冗談ではなく、本当にそう思っているのである。私が一番ほめてもらいたい人は、とうに死んでしまった。

Nさんに死なれたとき、どうしても小説家にならねばと思った。それがNさんの遺志であると信じた。これほど不純かつ短絡的な動機を持つ作家は他にいないだろうと思う。

―勇気凜凜ルリの色　四十肩と恋愛（エッセイ）―

満壽屋《ますや》の原稿用紙

その人の残してくれた習慣で、いまでも守っていることがあってね。例えば満壽屋の原稿用紙を教えてくれたのがその人なの。僕が中学に入ったときに、その人が変な原稿用紙使っていて一束くれた。「原稿を書くんだったらこれに書いてみな。気持ちいいよ」って。

そのときは気持ちいいとは思わなかったかもしれないけど、えらそうな気持ちになったんだよ。だって当時一束六百円ぐらいしたんだからさ。コクヨの原稿用紙が二枚で一円のときに、満壽屋の原稿用紙は一枚五円はしたんだから。それ以来、満壽屋の原稿用紙はずっと使ってます。

あの先輩に出会っていなければ、小説家にはなっていないな。

—待つ女（インタビュー）—

人間の人間たる幸福

―「愛」について―

苦悩させられるのではなく、苦悩するのだ。
愛されるのではなく、愛するのだ。
生かされるのではなく、生きるのだ。
神はどんな人間のうちにも、
それだけの力を与えてくれている。

—王妃の館（小説）—

面倒な人生にはちがいないが

要するに私は、惚れてもいない女性と安逸な時を過ごすことのできぬたちなのである。ことあるごとに愛し合い憎しみ合い、嫉妬と情熱に懊悩《おうのう》し続けるような恋人と暮らしたい。面倒な人生にはちがいないが。

──勇気凜凜ルリの色　四十肩と恋愛（エッセイ）──

愛する人のためなら何もいらない

「愛する人のためなら何もいらない」というのが本物の恋愛じゃないかと思うんです。確かに恋愛にはいろいろな形がありますよ。最初はお金がきっかけでも、そこから恋愛が始まるということだって大いにあり得る。でも究極の恋愛というのは、その人のためなら何もいらない。命もいらないし、場合によっては自分自身の恋する心すらもいらない。そういうものではないかと思いますね。

――すべての愛について（対談集）――

生まれついての愛情の量

女子高等師範に進んで中野の養家を出るとき、久子は誓ったのだ。おじさんやおばさんに、もう二度と迷惑はかけない。一生をかけてご恩返しはするけれど、けっして苦しみや悲しみを伝えはしない、と。

久子の苦痛を癒すためならば、養父母が命も惜しまぬ人たちであることはわかっていた。その愛情の深さを知っていたから、久子はそう誓ったのだった。

生まれついて体の丈夫な人と弱い人がいるように、きっと愛情の量もまちまちなのだろう。薄情な父母のかわりに、情の厚い他人が自分を育ててくれた。

――終わらざる夏（小説）――

人間は一人じゃ生きて行けない

「いい。つれあいならつれあいらしくしなさい。人間は一人じゃ生きて行けないから家族を求めるの。恋をして、結婚をして、子供を作るの。だから、夜行列車の中だろうがベッドの上だろうが、あんたはこの子のつれあいである限り、この子の痛みをわかってあげなければいけない。いつだってそうしてあげなくちゃいけない。それがあんたの責任、伴侶としての最低の義務だわ」

―プリズンホテル　３　冬（小説）―

強弱はあっても優劣はない

こういう考え方をする大人の人はめずらしいな。ぼくは思わず、「どうして?」ときいた。

「それはだね、蓮《れん》ちゃん。君をひとりの人間として尊重するからなのだよ。誰よりも長く福祉の仕事にたずさわってきたおじいちゃんの結論です。体の不自由な人も、お年寄りも、子供も、社会的な弱者ではあるけれどもけっして人間的に劣っている人ではないんだ。人間に強弱はあっても優劣はない。だから大切なのは、お世話をする人の意思ではなく、ご本人の意思なんだよ。わかってもらえるかな?」

―椿山課長の七日間（小説）―

子供を大切にするということ

「こんなちっちゃな子供のいうことでも、そんちょうしてくれるんですか？」
「もちろんさ。子供を大切にするというのは、猫や犬みたいに可愛がることじゃあるまい。未来を大切にすることだよ。だからいたずらに子供扱いしてはいけないんだ。このごろでは親たちに子供と猫の区別がつかなくなったね。おかげで生意気な子やおませな子がいなくなった。若者たちまでがみんな子供のように幼い」

――椿山課長の七日間（小説）――

教育とモラル

「仁」と「義」とは、数々の社会的モラルを人の心のうちに水のごとく湛《たた》える器である。この精神をないがしろにして何を教育しても、個人のためにこそなれ、社会にとっては無益であろう。その証拠に、器がないから中学生も官僚も、同じ罪を犯す。きわめてわかりやすく、合理的な道徳である儒教教育を復活させることは、決して反動ではないと思う。少なくともかつてそのモラルで社会を築き、今も漢字による学習を続けているわれわれにとっては、何を考えるよりもむしろ早道なのではなかろうか。

―勇気凜凜ルリの色満点の星（エッセイ）―

愚直なまでのやさしさ

ただひとり、ひとつ年長のいとこが泣きくれる私を励ましながら、見つかるはずもない十円玉をけんめいに探してくれていた。

いとこの名はヒロシといった。きかん坊ばかりのいとこたちの中で、彼だけは温厚で物静かな子供だった。その性格はたぶん、物心つかぬうちに父親——すなわち私の母の兄と死に別れていたせいかもしれない。おしなべて幸福な家庭に育った他のいとこたちに較べ、彼だけはまちがいなく、苦労の分だけ大人びていた。

私は日ごろから泣かぬ子供だった。その私が膝を抱えて泣いたのはたぶん、十円玉を落としたからではないと思う。夕闇の迫る神社の、はるかな石段を行きつ戻りつして私の十円玉を探してくれているヒロシの、愚直なまでのやさしさに泣かされたのであろう。

山奥の冬の陽は、つるべ落としに昏《く》れてしまった。

「あったよ！　ジロウ、あった、あった」

ヒロシはそう言って、私に十円玉を握らせた。とたんに私は、ヒロシのやさしい笑顔を正視できずに、声を上げて泣いた。子供心にも、その十円玉の出所がわかったからである。それはヒロシのポケットの中の十円玉にちがいなかった。

ヒロシは拒否する言葉も思いつかぬ私をみやげ物屋まで連れて行き、私の欲しそうなものを買った。

「ほら、食べろよ。もう泣くなって」

「ヒロシちゃんは？」

「おれは食べたくない。もうすぐごはんだから」

木下闇《こしたやみ》の帰り道で、ヒロシは泣きやまぬ私の手をずっと握っていてくれた。私が小学校一年、ヒロシは二年生だったろうか。ヒロシはそんな少年だった。


―勇気凜凜ルリの色　福音について（エッセイ）―

父親としての責任

この原稿を、私はヒロシの生家に近い西新宿のホテルで書いている。足元にちりばめられた大都会の灯の中に、きょうばかりはあかりの消えぬ窓がある。

おとついの朝、ヒロシが死んだ。そしてきのうの朝、ヒロシの次女が死んだ。

親子の通夜に行き、ホテルに戻った私にはこの原稿のほかにできる仕事がない。

やさしく、温厚なヒロシは、まったくそのまんま大人になった。旧家のならわしに従って、幼なじみのいとこと結婚をし、二人の女子に恵まれた。次女のミッちゃんは生れながらにして重度の障害を持っていた。十七歳の享年に至るまで、歩行もできず、言葉も話せず、わずかな表情の動きでかろうじて意思表示をするばかりであった。

ヒロシが突然の心臓発作で死んだちょうど二十四時間後に、ミッちゃんの心臓も止まってしまった。まことに説明のつかない、負の奇蹟である。亡くなる前の晩、多忙な営業マンであったヒロシは珍しく早くに帰宅し、ミッちゃんを抱いて風呂に入ったそうだ。

十七年間のヒロシの苦労を、私はよくは知らない。言うにつくせぬ苦労であったことは察せられるが、苦労と呼ぶことをヒロシは潔しとしないであろう。十七年の間、ヒロシはミッちゃんを愛し続けたと思う。世界中の、どんな父親にも増して。

働き過ぎだと、誰かが言っていた。急激に肥り過ぎたのだ、とも。たしかにヒロシは良く働き、良く食った。そして、日ましに硬直していくミッちゃんの命を、支え続けた。

遺された家族のことを考えて、ヒロシはミッちゃんを連れて行ったのだと、誰かが言った。また、ミッちゃんは大好きなおとうさんについて行ったのだ、とも。ミッちゃんはきっと父の死を察知して、自分の意思で心臓を止めたのだろう、と。

どれもまちがいではあるまい。だが私は、釈然としなかった。どうして親子の心臓が、一緒に止まってしまったのだろうか。

辞去するとき、二人の亡骸《なきがら》と対面した。

ヒロシの死顔はまことに安らかな、満たされた表情であった。ミッちゃんの顔も同様に幸福そうであったが、その片掌《かたて》に収まりそうな小ささは、明らかに生命の限界を感じさせるものであった。

そのとき、私ははっきりとこう思った。

ヒロシは、医学的にはとうに終っているはずのミッちゃんの生命を、あらん限りの愛情をもって支えていたのであろう。そして、その死がついに支えきれぬところまで迫っていることを感じたあの夜、心のそこから、娘とともに逝くことを祈ったのであろう。天が、その真摯《しんし》な祈りを聞き届けたのである。

そうでなければ、四十六歳の男の死顔があれほど安らかなはずはない。病み衰えた少女の死顔が、あれほど幸福そうなはずはない。ヒロシとミッちゃんの顔は、温かな湯舟の中で見つめ合うかのように、微笑んでいた。

一緒に風呂に入ったあの晩、父はたぶん娘に何ごとかを語りかけ、娘は肯《うなず》いたのだろう。何を言い、何を聞いたか、その静謐《せいひつ》な親子の対話は、小説家の想像などの思い及ぶところではない。

奇《く》しくもミッちゃんは、私の娘と同い年である。誕生から今日までの長くもあり、短くもある日々に思いをいたせば、涙を禁じえない。

通夜の客はみな慟哭《どうこく》していた。だが、この弔《とむら》いの席でだけは、どうしても涙を見せてはならないと私は思った。

たそがれの山道をずっと手をつないで帰ってくれたヒロシの掌の温かさを、ありありと思い出したからである。あのときヒロシは、彼のやさしさのために泣き続ける私を、「泣くなよ、もう泣くなよ」、と励まし続けてくれた。

理不尽を感ずる。釈然とはしない。だが私は無理にでも、ヒロシの人生はすばらしいものであったと、幸福なものであったと思うことにする。

少くとも私は、彼ほどやさしさと強さを併せ持ち、しかも父親としての責任を全うした男を、他に知らない。

――勇気凜凜ルリの色　福音について（エッセイ）――

もう忘れていい

「頼むよ。あと十年でも、五年でもいい。俺が耳を揃えて金を返すまで、生きて下さい。この通り、お願いします」

しばらく窓の外を見つめてから、母はゆっくりと頭をめぐらした。眦《まなじり》には涙の跡があったが、口元は微笑んでいた。

「おにいちゃんたちは、きっと反対するよ」

「そんなことないよ。みんな、おかあちゃんには長生きしてほしいって思ってる」

いいや、と母は力なく、しかし妙に自信ありげに言った。

「おかあちゃんは、わかってる。そんなふうに思うのはヤッちゃんだけ。高男も優子も秀男も、とっても幸せだからね。だから、おかあちゃんのことは嫌いじゃないとは思うけど、おまえみたいには考えていない」

「どういうことだよ、それ」

「わからない？」

「わからねえよ、そんなの」

「おかあちゃんが死んじゃえば、子供のころの苦労をみんな忘れられるもの。人間って、案外そういうものだよ。けっして薄情なわけじゃないんだ。高男も優子も秀男も、ものすごく頑張った。頑張って出世した。あの子たちのまわりにはね、子供のころからずっと幸せだった人ばかりがいると思うの。だからね、だから、おかあちゃんのことはもう忘れていい。石神井のアパートで暮らしていたころのこととか、貧乏したこととか、新聞配達とか、頭さげて奨学金をもらったこととか、そんなことはみんな忘れればいいの」

―天国までの百マイル（小説）―

どんな犠牲を払っても

母の生命の危機がもっと早まっていたとしたら、たとえばめくるめくあの好景気の時代に同じ状況がやってきたとしたら、自分はどんな対応をしただろう。

危険を冒してまで母を救おうとは思わなかったのではなかろうか。兄たちと同じように。末期的な内科治療を選び、何週間か何カ月後かに訪れる確実な死を、ひたすら待ったのではないだろうか。

たぶん、まちがいないと思う。豊かであり幸福であった自分は、いささかの迷いもなく母の命を見限ったはずだ。なぜなら、母の生命はすでに自分の幸福とはかかわりがないから。母はすでに家族ではないから。

死なれれば泣いたと思う。だがおそらく、救おうとしなかったことを悔いはしなかっただろう。いや、救える可能性すら信じようとはせず、これは仕方のないことだった、運命だった、やるべきことはすべてやったのだと、自分自身に言い聞かせただろう。

群青の海と空との境にまたたき続ける漁火《いさりび》が、あやうい母の命に思えた。

自分は今、母を救おうとしている。それは意志ではなく、祈りだ。どんな犠牲を払ってもいいと思う。もちろん、自分の命と引き代えてもかまわない。今すぐにでも。

――天国までの百マイル（小説）――

人を思う権利

「おかあさんらは、親も子ォもご主人もいたはりまっしゃろ。こないに立派なお屋敷に住まはって、お幸せに暮らしておいやすのやろ。そやけど、わてには何もおへんのどす。わてのことを大切に思てくれはる人は、いてへんのどす。せやから、わてが心の底から好いて、命よりも体よりも大切や思うお人が、いやはってもよろしおすやんか。それもあかん言わはんのやったら、わてはそれこそ犬や猫とおんなしやおへんやろか」

――輪違屋糸里（小説）――

幸福が涙を流させる

自分は結婚してこの家を出る。そして、父は妻を迎える。偏屈者にはちがいない父の老後の平安は、たしかにこの方法以外には約束されないのかもしれない。

写真を見つめているうちに淋《さび》しい気持になった。

こんな古家に婿に入って、父とうまくやっていくような都合のいい男など、いるわけはないと思う。かと言って、父を残して嫁に出ることもできるはずはない。

母が死んだときにも嚙みつぶした涙が、眦《まなじり》から溢れた。不幸は自分を泣かせなかったのに、幸福が涙を流させるなんておかしい、と真由美は思った。

――姫椿　永遠の緑（小説）――

父の思い

「あの人、会うたびに十回も言うの。俺のカミさんになれって」

父の肩がかすかに揺れた。

「真由美ちゃんの答えは、どうなんですか」

「困ってるの」

「どうして困るんだね」

もう返答に窮する理由はなくなったのだと真由美は思った。父と彼が、あんなふうにうちとけ合うとは考えてもいなかった。

父は俯《うつむ》いてしまった。

「真由美ちゃん。君はパパのことを誤解していますね」

いったい何を言い出すつもりなのだろう。言葉が声にならずに、父は俯いたまま咽を鳴らした。

「パパは、君のために再婚しなかったわけじゃありませんよ。おばちゃんや大学の人たちが持ちかけてくる話をずっと断り続けてきたのはね、べつに真由美ちゃんに配慮したわけじゃないんです」

父の声は快かった。まるで競馬場のスタンドが、大学の教室みたいだ。

またしばらく言葉を探してから、父はきっぱりと言った。

「ママを、愛してるんです」

泣いてはいけないと真由美は思った。

「ありがとう、パパ」

ようやくそれだけ言うと、真由美は真青に晴れ上がった空を見上げた。


――姫椿　永遠の緑（小説）――

とり返しのつかないわがまま

カア坊。かあさんに伝えてくれないか。

いつか向こうで会えたら、手をついてあやまるつもりだったのだが、とうさんのわがままでそれすらもできなくなってしまった。

マキコ。俺はおまえの人生を台無しにしてしまった。おまえを愛してなかったわけではないんだ。口にこそしなかったが、俺はおまえを心から好いていた。

自分の近しい人から幸せにしていくのが、人間としての道理だと思う。だが俺は、その道理がどうしてもできなかった。

戦では多くの部下を死なせた。大勢の戦友たちを、シベリアの雪の中で見殺しにしてしまった。そんな俺が、ただ愛しているというだけの理由で、家族だというだけの理由で、誰にも先んじておまえを幸せにすることができると思うか。

心から愛するおまえに、ただの一度も愛の言葉をかけなかったわけはそれなんだ。愛していると口にすれば、俺はその言葉の責任において、おまえを誰よりも幸せにしなければならなかったからだ。

マキコ。こんな男を夫にしてしまったおまえの淋《さび》しさを思えば、あれからの俺の苦労など、罰にすら値しない。

花嫁衣裳も着せてやれず、指輪のひとつも買ってやれず、何の贅沢《ぜいたく》もさせてやれずに、俺はおまえを死なせてしまった。

ほんとうは、愛していると言いたかった。向こうで会えたなら、そのときこそ声をかぎりに、百回も、千回も、一万回百万回も、その言葉を口にしたかった。

マキコ。とり返しのつかない俺のわがままを、許してくれ。俺が非人情なのではなく、男とは本来こういう生き物なのだと思ってくれ。

おまえを愛している。あれからずっと。むろん、このさきもずっと。

――椿山課長の七日間（小説）――

勝手に生きろよ

ロンドンの十一月は美しい。黄色い朽葉が舗道に敷きつめられ、空気は薄荷《はっか》の香りがします。きのうからずっと、若き日の祖父が私に寄り添っているような気がしてならなかった。

(僕は、おとうさんの遺言に順《したが》いますよ)

霧の降る池のほとりで、僕は祖父にそう言いました。父の遺言とは、「おまえは勝手に生きろよ」という一言です。

(それが人間の幸福だと信じますから)

祖父のまぼろしは粋なソフト帽を目深《まぶか》に冠《かぶ》り、コートの襟を立てています。齢は僕と同じほどでしょうか。

(やれやれ、おとうさんも何を考えたんだか)

と、祖父は後ろ手を組んで濡れた芝を踏みながら、深い溜息をつきます。

(おじいちゃんの遺言を、おとうさんから聞いているかね)

(いえ、何も)

(おじいちゃんは、おとうさんにこう言ったんだ。おまえは自由に生きろよ、とね)

(自由、ですか。ちょっとちがいますね)

(大ちがいだ。おとうさんがその遺言を守ったとは思えぬがね。それにしたところで、勝手に生きろはなかろう)

(おとうさんには、おとうさんなりの考えがあったんだと思いますけど)

(そうかね。おじいちゃんにはよくわからんが。もっとも、自由に生きろという遺言は、ひいおじいちゃんの受け売りだ。おじいちゃんも自由ではなかったから、おとうさんにそっくりそのまま伝えた)

(わかりましたよ。三杷《みつわ》の家には遠い昔から、誰も順うことのできない遺言がずっと続いているんですね。だからおとうさんは、ほんのちょっと変えたんでしょう)

(ちょっとどころではあるまい)

(でも、それならできそうな気がします)

（勝手にしろ。おじいちゃんは知らんぞ）

イギリス流のジョークを残して、祖父のまぼろしは消えました。

まるで禅問答ですね。あのころの僕は、いつもそんなことばかり考えていた。たぶん、父も祖父も、いや僕まで含めた三杷家の当主たちのすべてが、同じ自問自答をしていたと思います。遠い昔からね。

自由に生きるというのは、他人の意志に束縛されずに、おのれの倫理、おのれの道徳のみに拠《よ》って生きるということでしょうか。

勝手に生きるというのは、他人の意志どころかあらゆる倫理道徳に束縛されずに生きるということ。

僕はこのごろになってようやく、父の遺言の有難さがわかってきました。

―草原からの使者　沙高樓綺譚（小説）―

人間として生きた証

「池田、傷はどうだ。歩けるか」

大丈夫ですと答えると、先生はあたしの体を抱き起こしながら言ってくれた。

「手負いでは役に立たん。先に大坂まで退がれ」

いやです、とあたしはきっぱり言った。どのみち死ぬんだから、もうここでいい、とね。

先生は叱らなかった。まるで教え子に訓《さと》すみたいに、ゆったりとした南部訛《なまり》で言ってくれたんです。

「どのみち死ぬのは、誰しも同じだ。ここでよいと思ったら最後、人間は石に蹴つまずいても死ぬ。戦でなくとも、飢えて死んだり、病で死んだりするものだ。だが生きると決めれば、存外生き延びることができる」

このさき生きたところで何ができるのですかと、あたしは捨て鉢に訊ねました。すると先生は、真白な歯を見せてにっこりと笑い、あたしの頭を撫でてくれたんです。

「何ができると言うほど、おまえは何もしていないじゃないか。生まれてきたからには、何かしらなすべきことがあるはずだ。何もしていないおまえは、ここで死んではならない」

有難いお言葉でございますよ。目から鱗が落ちましたですよ。

考えてみりゃあ、あたしは自分が生まれて、この世に十九年間生きていたっていう証処を何ひとつ残しちゃいない。それじゃあ、いてもいなくても同《おん》じだってことになる。

「それともおまえは、犬畜生か」

いえ、人間です――そう答えたとたんに涙が出ました。

あたしは泣き虫で、女房にも倅《せがれ》たちにも孫たちにも、よく笑われます。

こんな顔のあたしに、初めて女房が抱かれてくれた晩にも、ずっと泣いてました。

倅が生まれたときも、孫が生まれたときも、新しいお店《たな》を出したときも、市長さんから表彰されたときもね。

ことあるごとに、千両松の戦場で吉村先生の言って下すった言葉を思い出しちまうんです。

泣きながらいつも胸の中で呟きました。

先生。あたしはかかあを貰いました。ぶすだけれど、こんな顔のあたしに抱かれてくれるかかあです。

先生。倅が生まれました。孫が生まれました。新しいお店が出せました。

先生。銭を儲けて、しこたま税金を納めて、柄になく寄付なんぞもして、東京の市長さんから立派な感状をいただきました。

あたしは、人間です。


――壬生義士伝（小説）――

人間の人間たる幸福

私(1)はわが子に真実を語り伝えることすらできぬ宦官《ホアンクワン》(2)でございます。お願い致します。どうか私になりかわって、真実を後の世にお伝え下さい。

静海《チンハイ》(3)の貧しい糞拾い(4)の子であった私は、あるふしぎな運命の糸にたぐられて、今ここにこうしております。かつては野望もございました。それは一途な執念ともいえる、たとえばわが手でわが身を切り落とすほどの、すさまじい富への渇望でございました。そうまでしなければ豊かにはなれないと、いえ、私も私の家族も、そうしなければあの静海の湿原で野垂れ死ぬほかはないのだと、考えに考えた末、私はそれをしたのです。

父母からいただいたわが身を切り落とすことがどのぐらい不孝な行いであるかは、子供心にもわかっておりました。しかしそれによって、母と妹の命が救えるのなら決して不孝にはあたるまいと、十歳の私はそう考えたのでございます。

私は今、富と豊かさとの何であるかを、つくづくと思い知らされました。

人間の幸福は決して金品では購《あがな》えない。人を心から愛すること、そして人から真に愛されること、それこそが人間の人間たる幸福なのだと、慈禧《ツーシー》(5)様は御身を以て私に教えて下さいました。世界中で最も不幸な慈禧様が、そう教えて下さったのです。

私はせめて慈禧様の分まで、人から愛されたいと思います。人を愛したいと思います。

だから私は、慈禧様を、皇上《ホワンシャン》を、蘭琴《ランチン》を、貧しい宦官たちを愛します。いや、楊《ヤン》公も恭《クン》殿下も、栄禄《ロンルー》将軍も李大総管《リイダアツオンクワン》も、女官たちも李鴻章《リイホンチャン》閣下も、この世に生きとし生けるすべての人間を、心の底から愛しています。そしてもちろん、あなたも、あなたも、あなたも。

だからお願いです。あなた方も私を愛して下さい。

肌の色がちがう、ふしぎな風土と習慣で彩られたこの国の民を、同じ人間として、心の底から愛して下さい。

それだけが――すべての人間に幸福をもたらす、唯一の方法なのですから。

―蒼穹の昴（小説）―

(1) 李春雲《リイチュンユン》。『蒼穹の昴』の主人公。宦官となり、西太后に仕えている

(2) 東洋諸国で宮廷や貴族の後宮に仕える、去勢された男子のこと

(3) 中国の天津市西南部に位置する県

(4) 牛馬の糞を拾って乾かし、燃料として売って生計を立てていた

(5) 西太后のこと

言うに尽くせぬ思い

――「感謝」について――

私は口先だけの「ありがとう」や「ごめんなさい」は嫌いである。
有難いと思うのであれば恩義は体で返さねばならず、
すまなかったと思えばやはりその責任は体で負わねばならない。
日本男児のみがもっている士魂《しこん》とはそういうものではあるまいか。

―勇気凛凛ルリの色　福音について（エッセイ）―

礼を知る人

「日本人の中に、仁の人はあり義の人も多くあるが、礼を知る人は少ない。ちささんは、その礼を知る人だ。礼儀正しいばかりではなく、人間いかに生くべきかということをよくご存じなのだよ。礼というのは、法律がどれほど整備されても及ばぬ、儀式や作法や制度や、いわば人間がまっとうに生きるためのすべての規範をいう。これを体現することは、仁をなし義を貫くよりずっと難しい。私たちはそういう立派な方のお世話になった」

―中原の虹（小説）―

哀しいかな……

少年たちの心から消えてしまったのは「仁」と「義」の精神であろう。「仁」は他者に対する思いやり、いつくしみの心のことであって、これは高学歴社会の過当競争の中で死語と化した。おそらく「仁」は戦後自由主義と相容れなかったのであろう。今日では「福祉」とか「ボランティア」という形で社会に組み入れるほかはなくなってしまった。孟子の口癖を借りればまさに「哀しい哉《かな》」である。「義」もまた、法治国家の名のもとに死語と化した。法律を犯せば悪いやつで、法に触れなければ悪いことでも悪くはないのである。「義民」や「義賊」の存在を子供らは知らず、佐倉宗吾も国定忠治の名も、青少年は知らぬのであろう。「哀しい哉」である。

—勇気凜凜ルリの色　満天の星（エッセイ）—

死者の恩寵《おんちょう》

たとえば、私は腰痛に悩んではいるけれども、腰痛になるほど座り続けることのできる頑強な肉体を与えてくれた父母に、感謝することを忘れていた。よい小説を書こうという強い意志は持っているが、私に小説家への道を開いてくれた、今は亡き編集者のことも忘れかけていた。

霊魂なるものの存在は容易に信じられぬ。しかし今かくあるおのれが、多くの人々から恩情を蒙ってきたのはたしかで、にもかかわらず生者に礼をつくしながら死者の恩寵を忘れるということは、もしかしたらこの先の人生を踏みたがえるほど罪深い、大いなる誤りなのではあるまいか、と思った。

―アイム・ファイン！（エッセイ）―

言うに尽くせぬ思い

東京オリンピックの前年のことである。

私はどうしても私立中学を受験すると言い張って、貧しい母を困らせた。

生家は数年前に没落し、家族は離散していた。しばらく遠縁の家に預けられていた兄と私を、母はようやく引き取って、とにもかくにも六畳一間に三人の暮らしが始まったばかりであった。母はナイト・クラブのホステスをしていた。

学歴に対する過剰な信仰が始まったのは後年のことで、当時の私立中学は教育熱心な裕福な家庭の専有物であった。そして悲しいことに、余裕のある家庭の子女は明らかに学力が優っていた。

私が私立中学にこだわったのは、親の不始末によって私の人生まで変えられたのではたまらぬ、と考えたからである。家産が破れたのちも、私は選良としての意識をかたくなに抱き続けていた。繁栄に向けて日本中がせり上がってゆく槌音《つちおと》が、昼夜を分かたず私を苛《さいな》んでいた。

「いい家の子と一緒にやってゆくのは、おかあさんも大変だけれど、おまえだって並大抵のことじゃない」と母は説諭したが、結局私のわがままを聞いてくれた。

さながら科挙《かきょ》の試験のごとく、一族郎党と家庭教師が花見のような弁当持ちで少年に付き添う試験場に、私はひとりで臨んだ。誤答はひとつもないという自信はあったのに、たぶん不合格だろうと思った。理不尽だとは思いつつも、すべてを斉《ととの》えて試験に臨む本物の選良たちには到底かなわない気がした。

アパートに戻ってその気持をありのままに伝えると、母は化粧をする手を止めてやおら鏡から向き直り、強い口調で私を叱《しか》った。「おとうさんやおかあさんが試験を受けたわけじゃないんだ。おまえが誰にも負けるはずはないだろう」と言ってくれた。

合格発表の日、母は夜の仕度のまま私と学校に行ってくれた。盛装の母は場ちがいな花のように美しかった。私の受験番号を見上げたまま、母は百合の花のように佇《たたず》んで、いつまでも泣いていた。

その日のうちに制服の採寸をした。駒場東邦中学の紺色の制服を母はたいそう気に入って、「海軍兵学校みたいだ」とはしゃいだ。それから、別室で販売されていた学用品を、山のように買ってくれた。小さな辞書には見向きもせず、広辞苑と、研究社の英和辞典と、大修館の中漢和を買い揃えてくれた。おかげで私はその後、吊《つ》り鞄《かばん》のほかに三冊の大辞典を詰めたボストンバッグを提げて通学しなければならなかった。

学徒動員のさなか、学問をするかわりに飛行機を造っていた母は、私に何ひとつ教えることができなかった。三冊の辞書には言うに尽くせぬ思いがこめられていたのだろう。

全二十篇におよぶ『論語』は、その第一篇「学而篇」の冒頭にこう記す。子のたまわく、学びて時に之《これ》を習う、また説《よろこ》ばしからずや。

私はおしきせの学問を好まなかったが、常に自からよろこんで学び続けてきた。今も読み書くことに苦痛を覚えたためしはない。その力の源泉はすべて、母があの日、「えらい、えらい」と泣きながら私に買い与えてくれた、三冊の辞書である。

時は移ろい、学び習うこともずいぶん便利にはなったけれども、そうした出自を持つ私は、どうしてもコンピューターの前に座ることができない。机上にはいまだに、朽《く》ち破れた三冊の辞書が置いてある。

紅葉の色づくころ、母が死んだ。

癌《がん》を宣告されてからもけっして子供らの世話になろうとはせず、都営団地にひとり暮らしを続けた末、消えてなくなるように死んでしまった。七十三の享年に至るまで、たおやかな一輪の百合の花のように美しい母であった。

遺された書棚には私のすべての著作に並んで、小さな国語辞典と、ルーペが置かれていた。

あの日から、三冊の辞書を足場にしてひとり歩きを始めた私のあとを、母は小さな辞典とルーペを持って、そっとついてきてくれていた。

そんなことは、少しも知らなかった。

―ひとは情熱がなければ生きていけない（エッセイ）―

嬉しいのだから有難い

昨年の七月十七日に受賞が決定した折、私はご尽力下さった周囲の人々にこんなことを言い続けた。

「直木賞　売ることこそが　ありがとう」

根がわかりやすい性格なのである。

三十何年間も原稿用紙の枡目《ますめ》を埋め続けて、いつの日か祝福される日を夢に見てきた。それがついに実現されたのであるから、人生これにまさる喜びはなかった。

嬉しいのだから有難いのである。「ありがとう」は口で言うのはタダだけれど、それでは感謝をしたことにはなるまい。ではどうすればよいのかといえば、認めていただいたわが著作を一人でも多くの読者に読んでもらう、すなわち「売ること」だと私は思った。

四十六年も生きて、敗北や挫折をくり返しておれば、おのれの力量などは知りつくしている。他に抜きん出た才能があれば、とうの昔にデビューしていたはずなのだから、この結果が何とかして私を世に出そうと心を摧《くだ》いてくれた大勢の人々の力によるものであることは自明であった。

親兄弟や読者の方々や編集者や出版社の皆さんや、恩師や選者の先生方や見知らぬ書店員の方の担ぐ御輿《みこし》に乗って、ようやく世に出ることができたのである。ならば御輿の上で大手を振り、あらん限りの声を張り上げて叫ぶことこそが、私の使命であると信じた。

その間、インタヴューやサイン会や講演や、その他もろもろのオーダーに応え続けるスケジュールはまさに殺人的であったが、内心「死ぬなら今だ」とさえ思っていた。少なくとも、「死んでもよい」というぐらいの覚悟と気概がなければ、この半年間を乗り切ることはできなかったろうと思う。

―勇気凜凜ルリの色　満天の星（エッセイ）―

読者の真剣なまなざし

「えー、二足のワラジと申しますのは、同時に二つの仕事を持つということでありまして、つまり右手《めて》にピストル、左手《ゆんで》に広辞苑……」

依然として会場は静まっている。墓穴はいよいよ深まる。

「私の場合、さまざまの経験を生かして作家となったわけではなく、作家になろうと思いつめているうちにさまざまの経験をしちまったてえわけでありまして……」

老人は背中に旗竿を立てたまま、うんうんと肯《うなず》き、若者はテープを回し、大勢の人々がいっせいにノートを取り始めた。

一瞬まっしろになった頭の中で、私は突然こう考えた。

この人たちはみな私の本を読んでいる。もしくは週刊誌のエッセイやコラムなどで、何がしかの私の文章に接している。

私はこの人たちのことを何も知らないが、この人たちは私のことを知っているのだ。

そうでなければこの席に座っているはずはない。

会場を埋めつくした人々の顔のひとつひとつを、私は見つめた。誰もが真剣なまなざしを私に向けていた。

彼らは読者であり、私は作家なのである。

認識はそれだけでよかった。書くように語ろうと私は思った。

さて、その後どのような話をしたのかとんと記憶にはないのだが、ともかく私は五十分の持ち時間を大幅に超える一時間二十分の間、演壇に立ち続けていた。

終了後、花束を贈られ、ウェディング・ロードを行く花嫁のように、中央の通路を歩いた。ある人はなごり惜しげに振り返り、ある人は立ち上がって拍手を送ってくれた。

この人たちのすべてが、貴重な生活の一部を費して私の小説を読んでくれているのだと思った。私は自分が小説家であるということを、初めて原稿料をもらったときよりも、初めての単行本が上梓《じょうし》されたときよりも、このときはっきりと実感した。


―勇気凜凜ルリの色　福音について（エッセイ）―

仰げば尊し

仰げば尊し　わが師の恩――

私は、私がこの世で最も美しいと信じているこの歌を、なぜか一度も公然と唄ったことがない。

小学校はミッション・スクールで、卒業生の口にする歌は讃美歌であった。中学は一貫教育であったから、改まってこの歌は唄わなかった。

そして、あろうことか中大杉並高校の卒業式は欠席してしまった。結局、大学は行かなかった。「仰げば尊し」を唄う機会は永久に失われてしまった。

なぜあの朝、荻窪駅まで行きながらいつもの調子で「かったるいよなー」と、卒業式をフケてしまったのか、いかにイレギュラーな高校生であったとはいえ、悔いが残る。

何日か後に、卒業証書を貰いに行った記憶がある。体育教官室に担任の中野先生を尋ねた。強烈なビンタを覚悟していたのだが、卒業証書の紙筒でコツンと頭を叩かれただけであった。そのコツンが、なぜかひどく悲しかった。

何十回殴りとばされたかわからない半地下の教官室も、今はない。もちろん、当時はどの先生方もそうと信じて行っていた体罰も、今はあるまい。そうした教育の是非はともかく、私はその後の人生で、自分が打たれ強い人間であることに気付いた。また、人を打つときの心構えと加減とを知っていた。省《かえりみ》て、尊い教育であったと思う。

中野先生とともに剛腕で怖れられた国語の山崎先生は、つい最近まで保管してあった私の作文を処分してしまったとしきりに後悔しておられた。何でも内容は中島敦の『山月記』についてのものであったそうだ。

記憶にはないが、中島敦は愛読書であったから、読書感想か何かだったのであろう。良く遊び良く学ぶかたわら、出版社に原稿を持ちこむ文学少年でもあった。かえすがえすも支離滅裂な高校生であった。

山崎先生のご専攻は江戸文学であった。火の出るようなビンタのあとで、芭蕉や西鶴を聞かされた。体で覚えたことは忘れないというが、本当だとしみじみ思った。その証拠にインタヴューなどでしばしば好きな文学を訊ねられたとき、私は迷いもせず「黙阿弥《もくあみ》」と答える。好きなばかりではなく、影響も大きい。大学に進まなかった私が河竹《かわたけ》黙阿弥と遭遇する機会は考えにくいから、おそらく在学中のいつかどこかで、山崎先生が端緒をつけて下さったのであろう。

世界史の鈴木先生もやはり怖い先生であった。担任のクラス全員に有無を言わさず坊主刈を命じ、翌朝みずからも頭を五厘に刈ってきた。厳粛な授業の間に、私は「中国」を知った。もしあのころ先生にお会いしていなければ、私は永遠に極道小説を書くほかはなかったかも知れない。

謙虚なお人柄の鈴木先生は、そんなはずはないぞとおっしゃるだろうが、やはり大学に進まなかった私にとって、他に中国との出会いは考えられない。

物理の石川先生には最も面倒をおかけした。卒業後、風来坊の私をわざわざ訪ねてきて下さったことは忘れ難い。転入してきた二年生のときの担任で、おそらく私のプライバシーを知っておられたのだろうと思う。深夜の喫茶店で、「おまえ、これからどうするつもりなんだよ」と、親身になって心配して下さった。

「小説家になります」と、言ったのか言わなかったのか、たぶん言いかけて呑み下したのであろう。肉親と縁の薄かった私にとって、卒業した後までも身の上を心配していて下さる先生のお気持ちは、涙の出るほど有難かった。だからこそ、青臭い志は口にできなかったのだろうと思う。

私の小説にはたびたび「誠実で朴訥な教師」というキャラクターが登場する。いわば文学的トラウマである。あの夜、「小説家になります」と言えなかったために、石川先生はずっと私の小説の中を、新宿駅の改札で別れたあの夜の姿のまま徨《さまよ》い続けるはめになった。

―勇気凜凜ルリの色　福音について（エッセイ）―

祖父のやさしい掌

わしは父も母も知らぬ。よその家では父と母がなすべきことを、この人はすべて一身になしてくれた。わしはこの人に育ててもろうたのだった。

「お爺様――」

わしは祖父にすがって泣いた。

「これこれ、武士の子が舟に酔うたぐらいで泣くではない。それほど苦しいか」

叱らずに労《いたわ》り続ける祖父の声が、祖父のやさしい掌が、いよいよわしを泣かせた。

「苦しうござります。泣くほど苦しうござります」

わしを手放したのち、祖父がどうなってしまうのかは、幼な心にもわかっておった。祖父に生きる理由は何もなくなるが、死する理由はいくらでもあるのだから。

わしは苦しうてならなかったよ。わかるか。苦しうて苦しうて、はらわたがちぎれるほど苦しうてならなかった。

武士道とは、恩顧に対し奉り、義を以て報いることであろう。

わしは、おのれを育て上げてくれた掌に、反吐《へど》を吐くことしかできなかったのだ。

わしが恩顧を蒙《こうむ》ったのは、主君ではなく、父母でもなかった。あらゆる理不尽の中で、わしひとりを宝として育て上げてくれた、祖父だけであった。その恩人に対し奉り、わしは義のかわりに反吐を吐いた。

この人は腹を切る。そしてその前に、仇なす尾張に土下座をして、孫の命を託す。

わしが反吐を吐いたこの掌を、わが子同輩の仇の足元について、禿げた頭を土間に打ちつけ、なにとぞと冀《こいねが》うのであろう。

それだけはさせてはならぬと、わしは思うた。


―五郎治殿御始末（小説）―

ぜんぶ自分のせいだ

人間の記憶ってのは、いったいいつから始まるんだろう。

俺の一番古い記憶は、菊治《きくじ》さんの顔なんだ。初めて出会ったのは六つだったから、その前のことだっていくらかは覚えていたってよさそうなもんだが、どういうわけかとんと記憶にねえ。

おやじも、おふくろも知らねえ。どうしててめえが、ひとりぽっちで焼跡をさまよっていたのかもわからねえ。爆撃で吹きとばされて、打ちどころが悪かったのかな。それとも何かひどい目に遭って、頭が記憶を消しちまったのかな。

焼け野原の新宿には、西口にも東口にも大きな闇市があった。菊治さんは西口のマーケットのはずれの、大ガードの下で靴磨きをしていた。そうさ、今と同じ場所だよ。

まん丸の厚い眼鏡をかけて、陸軍の戦闘帽を冠《かむ》ってた。それでもよく見えねえもんだから、まるで舐めるみてえにお客の靴を覗きこんでいたっけ。そのしぐさも、今と同じだった。

目が悪いから土壇場まで徴兵されなかったってのは嘘だよ。菊治さんはみじめな話をしたくねえのさ。他人が聞いて気の毒に思うようなことは言わねえ。

俺はいっぺんだけほんとの話を聞いた。南方でひでえ戦争をして、命からがら撤退したのはいいが、輸送船が沈んじまったんだ。海の上を漂っている間に、重油で目をやられた。目ばかりか咽も焼かれちまって、あんなしわがれ声になった。

その声で、菊治さんは呻くように言ってくれたんだ。

「ぼうず、食え」

弁当のふかし芋を貰った。俺はよっぽど腹をへらして、物欲しげに膝を抱えていたんだろう。しらみだらけの俺の頭を撫でながら、菊治さんのそのとき言ってくれた説教は、今でも忘られねえ。

「世間のせいにするな。他人のせいにするな。親のせいにもするな」

芋をかじりながら、俺はさからった。

「でも、おいらのせいじゃないよ」

「いいや、おまえのせいだ。男ならば、ぜんぶ自分のせいだ」

俺はな、ずっとその通りに生きてきた。ほかに何をしたわけでもねえさ。


菊治さんのことは、いまだによく知らねえんだ。鈴木菊治と言う名前のほかには何も知らねえ。お客には愛想がいいけど、ふだんは木偶《でく》みてえに口をきかねえ人だ。

一郎っていう名前は、菊治さんがつけてくれた。俺の父親なんだよ、戸籍の上では。

はじめは大久保の焼跡の、防空壕にトタンを被せただけの穴に寝起きしていた。終戦の年の冬は毎晩、軍隊毛布にくるまって朝まで抱きしめていてくれた。自分が食えなくても、俺にだけは飯を運んでくれたんだ。焼跡に家が建つたびに、俺たちは防空壕やバラックを追ん出された。それでも毎日、二人して大ガードの下に座った。

「磨きましょう[1]、磨きましょう」

ろくに声の出ねえ菊治さんにかわって、俺は一日じゅう客を呼び続けた。

そういや、いっぺん菊治さんが地回りのやくざ者にしめ上げられたことがあった。

ショバ代のことでごたごたしたんだと思う。

菊治さんは体もよかったし、南方帰りの兵隊だから、その気になりゃやくざ者の二人や三人どうとでもなるんだ。でも、けっして殴り返さなかった。そのかわり、あやまりもしなかった。ただじっと、殴られたり蹴られたりしていた。

親がわりの人がそんなふうにされて黙っていられるもんか。棒切れを握って駆け出そうとする俺を、菊治さんは抱きとめた。

「あいつらのせいじゃない。俺のせいだ」

菊治さんはそう言った。その言葉は今でもよくわからねえ。わからねえけど、ずっと考え続けている。

――月島慕情　シューシャインボーイ（小説）――

(1)　二人で当時、靴磨きの仕事をしていた

ほかにことばはありません

一郎へ

おまえにはありがたうを百回千回
万回云ふても云ひたりません
ありがたう　ありがたう
おまえのおかげで菊治は
日本一のしあはせものだ
ありがたう　ありがたう
みながほめてくれるだらうが
おまえのくろうをしつてゐる菊治は
こゝろのそこからおまえをほめる
ほんによくやつた

おまえは　えらい
えらいこどもはえらくなるが
えらくないこどもがえらくなつた
だからおまえは
そうり大臣より
大とうりやうよりずつとえらい
百ばいくらい　えらい
ほんによくやつた
ありがたう　ありがたう
おまえのおかげで菊治は
むねをはつて　みんなに会へる
お父さんやお母さんにも
おまえのえらさはつたへておきます
名まえは菊治がかつてにつけたけれど

日本一の一郎ならば
まさか文句は云はないでせう
ありがたう　ありがたう
ほかにことばはありません
ありがたう　ありがたう

鈴木　菊治

―月島慕情　シューシャインボーイ（小説）―

何のために戦うのか

――「忠」について――

天に代わって不義を討つ戦など、あるわけはない。
戦場に忠勇無双の兵隊などひとりもいない。
みながみな、怯《おび》え、泣き、喚《わめ》き、
しまいには母の名を呼びながら死んでいった。
勝たずば生きて還らじと誓ったのではなく、
勝たずば生きて還すなと、誰かが決めたのだ。

—天切り松闇がたり　第四巻　昭和侠盗伝（小説）—

前提があってこその「忠」

武士も表立っては「妻子のため」とは言えなかったと思いますが、わずか百三十年前の人間の考えていたことは現代の我々とそんなに変わらないはずです。我々だって会社勤めしていても、「会社のため」以前に、給料を増やして女房子供を豊かにしたいという前提があってこその「忠」ですから。

――すべての愛について（対談集）――

妻子への仁と義

会津の殿様からいただく月々のお代物《でえもつ》や、手柄のたんびに土方《ひじかた》先生から手渡されるご褒美を三条室町の鍵屋に届けるとき、わしはいつも浮かれ上がるほど嬉しがった。

この銭《ぜに》こが、嘉一郎の袴になるべさ。この銭こが、みつや赤ン坊《おぼっこ》のべべになるべさ。そしてお前の着物ッこにもなるべさ。

銭こさえあれば、兄さも兄さの嫁女も、お前らを快く預かってくれるに違《つげ》えね。

そう思うと体が羽の生えたみてえに軽ぐなって、わしはいつも鍵屋のお店《たな》まで走って行ったもんだ。

新選組のお仲間たぢはみな、わしを出稼ぎ浪人と嘲した。守銭奴《しゅせんど》と呼んだ。したどもわしは、わしの行いが士道に背くことだとはどうしても思えながった。

何となれば、武士のつとめとは民草の暮らしを安んずることなのす。まずもって養うべき民草とは、おのれの妻と子だと思うのす。

孔子様は仁と申され義と言われるが、人の道はまずもって、妻子への仁と義より始まるのではござらぬか。

――壬生義士伝（小説）――

矜《ほこ》り高き貧と賤のために

戦にて死するは本意ではねえが、退がろうとする足がまるで根の生えたように動かなかった。

わしは脱藩者にてござんす。生きんがために主家を捨て、妻子に背を向け、あげくには狼となり果てて錦旗《きんき》にすら弓引く不埒《ふらち》者にござんす。したどもわしは、おのれの道が不実であるとは、どうしても思えねがった。不義であるとも、不倫であるとも思うことはできねがったのす。

わしが立ち向かったのは、人の踏むべき道を不実となす、大いなる不実に対してでござんした。

わしらを賊と決めたすべての方々に物申す。勤皇も佐幕も、士道も忠君も、そんたなつまらぬことはどうでもよい。

石をば割って咲かんとする花を、なにゆえ仇となさるるのか。北風に向かって咲かんとする花を、なにゆえ不実と申さるるのか。

それともおのれらは、貧と賤とを悪と呼ばわるか。富と貴とを、善なりと唱えなさるのか。

ならばわしは、矜り高き貧と賤とのために戦い申す。断じて、一歩も退き申《も》さぬ。

―壬生義士伝（小説）―

神風特攻隊の遺書

先の戦争において幼年学校から純粋培養された将校は「妻子のため」とは考えなかったかもしれませんが、赤紙で徴兵された兵隊は「国のため」と言われてもピンとこずに苦悩しながら死にました。
神風特攻隊の遺書を読んでも、死ぬ意味を何とか見つけて死んでいくのがわかります。そこでも国家以前に、妻子の命が助かるならばと思いながら戦死したというのが本音でしょうし、その実感なしには人間は死ねません。

—すべての愛について（対談集）—

任せ任せられて

「よし、任せた」

土方《ひじかた》は楊枝をくわえたまま、にっかりと微笑んだ。

軍隊とは命じ命じられて動くものだが、それだけで戦には勝てぬ。任せ任せられて戦うことこそ肝心だ。任せよと口にしたからには、およそ思いつく限り最上の戦果を挙げねばならぬ。任せたというからには、それを信じねばならぬ。昔の侍ときょうびの軍人のちがい、なかんずくに昔の男ときょうびの男とのちがいはそれだ。


―一刀斎夢録（小説）―

西郷の筋書き

一つの想像ですが、征韓論を主張して明治政府を去り、西南戦争に至るまでの流れは、実は西郷の頭の中に筋書きができあがっていたのではないでしょうか。明治維新のあと、明治という国家をともかく完成させるためには、不平士族というものを何とかしなきゃならない。それを解決できるのは、侍のシンボルたる自分しかないというような考え方が西郷にはあったのでしょう。

「不平士族の不満を一気に吸収して、一戦を交えて花と散る、これで自分の仕事は完成だ」。このように西郷の心情を忖度《そんたく》する説がありますが、僕はかなり説得力があると思う。おそらく西郷は、大久保ともすべて話はつけていた。であればこそ、最初から負けるつもりで一番派手な戦争をした……。

ロマンチックな想像ではありますが、こう考えるとあの無口な西郷さんが、西南戦争の最後で言った「もうここらでよか」という言葉が、妙に重く感じられてくるんです。「ここら」というのは何なんだと、考え込んでしまいます。

――すべての人生について（対談集）――

戦争に勝ちも敗けもない

「ぼうず。おまえ、日本が敗けてくやしいか」

譲《じょう》はとっさに眦《まなじり》を決した軍国少年の顔に戻った。

「はい。くやしいです」

父母のように賢くはないけれど、今この場で教えておけることは、はっきりと言っておこうと萬助は思った。

「敗けてくやしいなんて気持ちはな、きょうを限りに忘れちまえ」

「どうしてですか」

「戦争に勝ったも敗けたもねえからだよ。そんなものはお国の理屈で、人間には生き死にがあるだけだ。アメ公だってそれは同じさ。勝ったところで親兄弟がくたばったんじゃ、嬉しくも何ともあるめえ。だから敗けたところでくやしいはずはねえんだ」

「よくわからない」

「そんじゃ、わかるように言ってやる」

萬助は譲の耳を胸元に引き寄せた。うまくは言えないだろうが、そうすればいくらかは心が通じると思った。

「二度と、戦争はするな。戦争に勝ちも敗けもあるものか。戦争をするやつはみんなが敗けだ。大人たちは勝手に戦争をしちまったが、このざまをよく覚えておいて、おめえらは二度と戦争をするんじゃねえぞ。一生戦争をしねえで畳の上で死ねるんなら、そのときが勝ちだ。じじいになってくたばるとき、本物の万歳をしろ。わかったか」

少し考えるふうをしてから、譲は「わかりました」と呟いてくれた。

―終わらざる夏（小説）―

勲章などいらないから

「この指は軍医が切断したのではねど。機関銃ではじき飛ばされだんだ」

「飛ばされだ指でも、うまぐ縫い合わせればくっつぐとおっしやってただ。なあ、熊。[1]探してけろ」

母の手が指の傷痕をくるみこんだ。この三本の指はどこに行ってしまったのだろうと鬼熊は思った。山西省《さんせいしょう》の狭い谷あいの道で敵の待ち伏せに遭い、車長の将校も戦死してしまった。指がなくなっていたことに気付いたのは、がむしゃらに車を走らせて一息ついたあとだった。

おふくろからもらった大切な体を、今さらどこだかもわからぬ場所に捨ててきてしまった。金鵄勲章《きんしくんしょう》を喜ばぬのはおふくろだけだった。

「探すだけは探してみるども」

「戦などなんじょでもいいがら。母《かが》はもハ、勲章なんどいらねがら」

母は鬼熊の手を握りしめたまま、とうとう声を上げて泣き始めた。

―終わらざる夏（小説）―

(1)　本名は富永熊男。通称「鬼熊」。三度の応召《おうしょう》を勤め上げた後、盛岡で母と二人でつつましく暮らしていたが、思いがけない四度目の赤紙が来る

忘却してはならないこと

つねづね不思議に思っていたことであるが、世界中どこの国に行ってもある「無名戦士の墓」が、有史以来最悪の戦禍を蒙《こうむ》ったわが国にだけないのはなぜであろう。

靖国神社というものはある。そのすぐそばに何だか対抗するような感じで、千鳥ヶ淵の戦没者慰霊碑も立っている。だが、他国の無名戦士の墓のように、それらがわれわれ子孫を生かすために死んで行った、尊い父祖の霊場であるという認識を、今や多くの人々は持たない。

私は戦を知らない世代であるが、職業柄さまざまの戦史を繙《ひもと》く。全ての戦は愚行である。しかし戦で死んだ兵士たちや、犠牲となった人々が歴史の中に忘却されて良いものだとはどうしても思えない。したがって、戦を忘却してはならないと思う。大本営から発表されたいまわしい戦時用語のうち、唯一われわれが嗤《わら》ってはならないもの——それは「英霊」という言葉である。

かつてフィリピンでは約四十六万六千の投入兵力中、三十六万八千七百の兵が死んだ。東部ニューギニアでは十四万人中、十一万人が、ビルマでは二十三万人中の十六万人が、またほとんどの戦史には書かれることもないジャワ東方の小スンダ列島では、六万九千百人の総員のうち、五万一千六百人が飢餓と熱病のために死んだ。第二次大戦における我が国の戦死者総数は陸軍の正規兵だけでも百四十八万二千三百名といわれるが、もちろん正確な数字ではあるまい。ともかく途方もない数の兵士が、われわれの今日かくある繁栄のために死んだのである。彼らは英霊である。この点に関しては誰が何と言おうと、私は彼らの名誉にかけて、また彼らの末裔《まつえい》たる私自身の名誉にかけて、私は彼らを英霊と呼ぶ。

――勇気凜凜ルリの色（エッセイ）――

完成された日本の精神

「私が屈服させたのは、ほんの一瞬この国を支配した軍閥とおろかな政治家どもだ。そんなものはこの国の一部分でしかない。わかるか、チャーリー。日本を太古の自然が造り出したダイアモンドだとするなら、われわれは石炭だ。たしかに良く燃える。だが、われわれが焼きつくしたものは、ダイアモンドをつかのま包んでいた、価値のないパッケージにすぎない」

部下たちはまるで演説のような、ごてごてと装飾された元帥の言葉を理解しかねた。マッカーサーは窓の外を指さして椅子から立ち上がった。

「要するに、彼らの精神は完成されている。ダイアモンドのように硬く、もはや変えようも変わりようもないのだ。いいか、カミカゼもハラキリも、決して思いつきの愚行ではないのだぞ。彼らの完成された精神が、たとえばダイアモンドの天然の輝きのように、そうした行動をとらせるのだ。私は彼らを怖れている。あのリベラルでグローバルなゼネラル・タナカ(1)が、いとも簡単に彼自身の知識や才能や人格を投げ捨て、死んでしまったのだ。たとえ合衆国が敗れても、私は死ぬまい。命を捨てるに足る理由がないのだから。しかし、タナカは死んだ。日本の精神は個人の意思など入りこむ余地のないほど、硬く、緊密に、不変に完成している」

二人の部下はしばらくの間、マッカーサーの言葉に呪縛されていた。頭ではとうてい理解できぬ言葉の真意を、彼らは何となく体感し、戦慄《せんりつ》した。

―日輪の遺産（小説）―

(1) 田中静壱《しずいち》（一八八七～一九四五）。知米派軍人として、マッカーサーとも親交があった。終戦当時は東部軍管区司令官。玉音放送から九日後の八月二十四日、司令官自室で拳銃自殺

必ず君の元へ

僕は君をとても愛してゐるけれど、それ以上に、とても君を尊敬してゐます。さうでなければプロポオズは出來なかつた。これは僕の本音です。今さらアメリカ人のやうなリップ・サアヴヰスをしても始まりません。

君は自分のことを、至らぬ女だと思つてゐるに違ひない。何故なら君は、誰にも増して苦惱し、悔悟し、逡巡《しゅんじゅん》してゐる女だから。

でも僕は、苦惱し、悔悟し、逡巡し續ける君を愛し、かつ尊敬してゐます。だつてさうでせう。人は皆、苦惱し、悔悟し、逡巡することを忘れてしまつたのですから。

僕は今の今まで、君との約束は何ひとつとして違へなかつたと云ふ自信を持つてゐます。だからこの先當分《とうぶん》は書くことの出來ぬ手紙で、はつきりと約束をしておきませう。

必ず君の元へ歸《かえ》ります。

ＪＯＥ[1]にも手紙を書かうと思ひましたが、何を書かうにも疎開先では不安の種になるだらうと思ひ、やめることにしました。君から勇氣と希望を與へてやって下さい。たとひ戰爭のせいであれ、父として彼のかたはらにをれぬことを、僕は心から恥ぢてゐます。國民としての義務が、父としての義務にまさるなど、あってはならないはずですから。

いづれにせよ、戰爭は人間の思想や倫理や哲學をことごとく破壞する、超論理の無茶ですね。

では、チヤコ。

See you again!

――終わらざる夏（小説）――

(1) 夫婦のひとり息子。本名は「譲」と書く

二度目のプロポオズ

手紙の中味のおおよそは理解を超えていたが、読みながら思わず涙がこぼれた。夫の口からは聞いたためしもない文句が、目に触れたとたんだった。

――僕は君をとても愛してゐるけれど、それ以上に、とても君を尊敬してゐます。

さうでなければプロポオズは出來なかった。

たとえアメリカ人のようなリップ・サアヴィスだとしても、これほど有難い言葉はなかった。悪魔の力で北の孤島に拐《かどわ》かされた夫は、豆粒のような文字に思いのたけをこめて、自分に二度目のプロポオズをしてくれたのだと思った。

妻の心を知りつくし、国境を越えた言語のあらたかさを知りつくしていなければ、そんな言葉はけっして思いつくはずはなかった。

とりたてて才能のある人ではない。東北の雪深い寒村で生まれ育った、ありきたりの頭と体のほかには何ひとつ持っていない人が、誰も真似のできない努力を重ねて英語の翻訳者となり、洋書を翻訳出版する編集長になった。日本が米英に宣戦布告する前日まで、夫は軍人よりもずっと勇敢な文化の戦士だった。

戦争は夫の存在価値を奪ったうえ、存在そのものまで消し去ろうとしているのに、遥かな北国から届けられた手紙には、戦争がけっして奪いつくせぬ叡智《えいち》がぎっしりと詰まっていた。

―終わらざる夏（小説）―

おのれの生きる道

父はそのとき、はっきりと気付いたのよ。

わしの主君《あるじ》は南部の御殿様ではねがった。御組頭様でもねがった。お前たぢこそが、わしの主君じゃ、とな。

何となれば、わしはお前たぢのためならば、いつ何どきでも命を捨つることができたゆえ。さしたる覚悟もいらず、士道も大義もいらず、お前たぢに死ねと言われれば、父は喜んで命ば捨つることができたゆえ。

んだから、お前たぢこそがわしの主君に違《つげ》えねと思うた。

女房に忠義を尽くすなど、人が聞いたら笑うじゃろう。

じゃがわしは、心の底から感謝ばしておった。有難えことじゃと思うた。

男が惚れた。惚れて、惚れて、この気持ちどうしたら良《え》がんすべと思い続けるほど、惚れぬいておった。そのうえ、こんたなめんこい子らを産んでくれた。

のう、みつや。

お前の母様は、二駄二人扶持の足軽の女房なれど、千石もののおなごじゃぞ。

あのとき、父が土間に頭ばこすりつけて別れば告げたのは、脱藩の非を詫びたのではねがった。

しんそこ有難えと思うたからじゃった。

わしは命ばかけて働ぐことができる。

何の脇見もする要はねえのさ。

おのれの生ぎる道に、何の疑いも持つことはねえのさ。

男として、こんたな有難え道はなかろう。


―壬生義士伝（小説）―

国と国民を愛した亡国の鬼女

春児《チュンル》(1)。春児。

もう何も見えない。何も聞こえない。

私は死ぬけれど、どうかこの国の行末をおまえの目で見定めておくれ。

そしていつか、あの世で教えてほしい。

陛下、この国はとうとう誰のものにもなりませんでした。今もちゃんと、中華の人民が中華の国土を統《す》べております、ってね。

だから、おまえが私とともに死ぬことは許しません。つらいだろうけれど、苦しいだろうけれど、西太后慈禧《シータイホウツーシー》の方法が正しかったことを、目的が達せられたことを、その目で見定めておくれ。

私は悪者になります。そうでなければ、この国の民の中から、新しい力は湧いてはこないから。人々はもう洋人《ヤンレン》(2)を憎めない。でも、亡国の鬼女を思うさま憎めばいい。

憎しみが力に変わることを、私はよく知っている。

それは、おまえならわかるわね。貧しさを憎んで、男も捨て[3]、とうとう大総管《ダアツォンクワン》[4]にまでなったおまえならば。

私は、おまえの内なる憎しみの情を知っていた。それは、人民の等しい憎しみなのです。だから私は、四億の中のひとりとしておまえを選んだの。

ごめんね、春児。私の大いなる目的のうちに自分まで組みこまれていたのだと知れば、さぞがっかりするでしょう。

だったら、こう思って。

私はこの国の民を愛した。その民のひとりのおまえを、心から愛した。それでいでしょう。

ああ、もう何も見えない。何も聞こえない。

春児。春児。手を放さないで。

大清国は亡国の鬼女が滅した。でも、それに代わるものは、けっして洋人ではないと信じます。

この国とこの国の民は、誰にも渡さない。
お願いよ、春児。
百年を生きて、この国の行末をおまえのその目で見定めてちょうだい。
私は神に勝てなかったけれど、たぶん、負けもしなかった。
そう、負けなかったわ。

――中原の虹（小説）――

(1) 李春雲《リイチュンユン》の呼び名。貧農の子から宦官《かんがん》となり、西太后の寵愛を一身に受けてきた

(2) 西洋人。欧米人

(3) 宦官として仕えるには去勢をしなければならなかった

(4) 宦官のトップ

切っても切れない縁《えにし》

――「親と子」について――

人間は人間であるかぎり、けっして親を憎んではいけない。
たとえどのような親であろうと、けっして恨んではならない。
親に対する恨み憎しみは、おのれの血を蔑むことだ。
おのれを蔑めば、人間はただのひとりも生きては行けない。

—天切り松闇がたり　第二巻　残侠（小説）—

「気持ち悪い」ほどの相似

ひとつ屋根の下に長く暮らした親子でも、似ていないものは似ていない。しかし、父を知る人は私が齢を経るごとにいよいよ父に似てくると口を揃えて言う。その相似はまさに「気持ち悪い」ほどだそうだ。そう思えば、言葉を介しての教えなど物の数ではあるまい。

字は満足に書けなかったが、話上手の人であった。もし生れる時と場所がちがっていたら、父が小説家になり、私が抗って商売人になっていたかもしれない。そうだとしてもふしぎではないような気がする。

――待つ女（エッセイ）――

断ち切れないもの

一時期、私は鏡を見るのがいやなことがありました。というのも、自分の顔がだんだん親父に似てくるんですよ。これはいやだったですね。

飲む打つ買う何でもござれで、やりたい放題の父を受け入れられるわけはないでしょう。しかし、反発に徹しきれないものがある。血には逆らえないというのかな。私も賭け事が好きで、今でもやっています。競馬が主ですが。

祖父も博打好きで、これはわが家の血統に組み込まれた遺伝子ですね。

もっとも、博打好き三代目ともなると博才も磨かれてきて、私はなかなか強いんです。スッテンテンになるような負け方はしません。

それでも負けるときがあるわけですよ。買った馬券が紙屑になってしまう。私は負けず嫌いなんですね。もう悔しくて悔しくて、この世の終わりかと思うほど悔しい(笑)。

そんなとき、ふと親父を感じるんです。
親父のことがわかったというのじゃないが、何かどうしようもなく懐かしいような
切ないような……断ち切れないものを感じる。
肉親ってそういうものじゃないですか。

――すべての人生について（対談集）――

バクチ打ちの血筋

紳士淑女の行き交う貴賓席の芝生で、ぼんやりとパイプをくゆらせながら、祖父と父のことを考えた。

明治三十年に生まれた祖父は絵に描いたような江戸ッ子で、宵越しの銭は持たず、生涯を博奕《ばくち》と喧嘩に明けくれた人だった。

着物の肩に跨《また》がり、鳥打帽の額にしがみついて競馬を見た記憶がある。帰りの京王線の車中で、僕も大きくなったら競馬がやりたいと言ったら、いきなり拳固で頭を叩かれた。

「ばかやろう、競馬なんざ、ごくつぶしのやるこった」

その競馬場に、当の本人が孫まで引き連れてやってくるのだから、私には叱られた意味がまったくわからなかった。たぶんその日、祖父は大負けしたのだろう。

博奕打ちがごくつぶしならば、父は祖父に負けず劣らずのごくつぶしだった。

ただし、この人は天才的に博奕がうまかった。やはり終生を麻雀と競輪に費やしたが、負けて憔悴《しょうすい》している姿は、ただの一度も見たことがない。いや、正しくは見せたことがなかったのだろうが、勝ち負けが態度や表情に現れなかったということは、やはり名人だったのだ。

そんな父ですら、「バクチはごくつぶしのやることだ」と言い続けていた。

父は七十歳まで毎日のように競輪場に通い、寒風吹きすさぶ京王閣で風邪をこじらせて病院に担ぎこまれ、数日後にあっけなく死んだ。

命日はおりしも私が吉川英治文学新人賞を受賞した当日で、報せを聞いたとたん、「これで次郎はバクチ打ちの跡を継がねえな」と呟いたそうである。

受賞作『地下鉄《メトロ》に乗って』の主人公・小沼佐吉は、父がモデルだった。

―サイマー！（エッセイ）―

義理の孝

実践的という部分では、私自身、『武士道』に助けられたことがあります。

私は生まれ育った環境がちょっと複雑でして、両親が離婚して、それぞれ所帯を持ち、私は親類に育てられました。やがて、私も成人して所帯を持った。すると、実の父母のほかに、彼らが再婚した相手が義理の父母としていて、さらに妻の母も私たち夫婦と同居していましたから、私には父母がほかの人よりもたくさんいるんですね。

そして中年にさしかかった頃、老いたこの人たちの面倒をみなくてはならなくなって、途端に大きな負担がかかってきた。

やっぱり、納得はできないんですよ。あまり縁のない実の父母、さらに縁のないその連れ合い、女房の親……そういう人たちの面倒をどうして私がみなくてはいけないのか。

そのとき、ふと、『武士道』の「第三章　義」を思い出したのです。ここには「義理」ということについて書かれていました。

「すなわち我々の行為、例えば親に対する行為において、唯一の動機は愛であるべきであるが、それの欠けたる場合、孝を命ずるためには何か他の権威がなければならぬ。そこで人々はこの権威を義理において構成したのである。彼らが義理の権威を形成したことは極めて正当である。何となればもし愛が徳行を刺激するほど強烈に働かない場合には、人は知性に助けを求めねばならない。すなわち人の理性を動かして、義《ただ》しく行為する必要を知らしめねばならない」

まさに、私は父母に対して愛情を持つことができなかった。しかし、愛情がなくても孝行はしなくてはならない、それが道徳というものではないか、という気持ちもあり、その板ばさみで苦しんでいたのです。

この、「義理の孝」を思い出したおかげで、やはり私は社会人として彼らの面倒をみなければならない、と考えることができた。そう思えたとき、私は心から、新渡戸先生に感謝しました。

――すべての人生について（対談集）――

『壬生義士伝』を書いた理由

子どもができたら「ああ、親の気持ちがわかる」とか言うだろう。ところが、僕は逆だった。自分の子どもが育ってくるにつれ、親を憎み始めた（笑）。だって子どもって可愛いじゃないか。こんな可愛い子どもにさ、なんだって居場所も教えず、ずっとよく平気で知らん顔してたなと思うもの。そうすると親を憎んじゃうんだよ。

それでまあ『壬生義士伝』はそんな自分に結着つけるつもりで書いた小説で、あれは父親、母親に向かって僕が毒を吐いたようなもんです。「人間っていうのはそもそもこういうものじゃないですか、お父さん、お母さん」って背筋伸ばして、親に説教垂れてるような小説でありまして。ただ、もう二人とも死んじゃったからな。死んじゃったときは考えさせられたよ、「この人たちの人生何だったんだろうなあ」って。

でもね、おやじもおふくろもカッコいい人生を送ったんだと思うよ。それは確かだった。善し悪しではなくね。よく考えてみると、それこそ映画スターのような人生なんだ。すげえ自分勝手なんだけど、ともかく颯爽《さっそう》と生きてる。あらゆる恋をして、金銭感覚が二人ともなくて。というか、贅沢三昧、「自分のために金使うぞー。子ども？　ああ、そんなの勝手に生きればいいじゃないか」って。まあ、そういうダンディズムがあったと思うんだ。

それは自分には真似ができない。尊敬に値するんじゃないか。いまは自分をそう納得させているわけなんですけどね（笑）。

――待つ女（語り下ろし）――

父親としてのプレッシャー

僕はね、親と縁が薄かった分だけね、親の言った言葉はよく覚えてるんだ、その一語、一語をね。子供の頃にかけられた声っていうのを、いつも頭の中でリピートしてたと思うんだ。それを今でも覚えてる。

だから僕なんか育児ノイローゼみたいになっちゃって、自分の娘が生まれたときって、嬉しいより怖かったもん。どうやって育てていこうかって。娘と話すときも、このひと言がもしかしたらこの子の一生を決めるかもしれないとかさ、この態度がものすごく娘にとってはショックかもしれないって、怯えながら接してきた。

娘はもう十九歳ですけど、いまだにそういうところがあるね。今年、地方の大学へ行ったんですけど、娘を送り出したときの、あの脱力感。みんな「寂しいでしょう」とか言うんだけどね、実をいうとそうじゃないんだ。もうこれで何をしゃべってもいいと（笑）。

そのぐらいプレッシャーかかったんですよ、父親としての立場は。

──すべての愛について（対談集）──

いくつになったって

「ようやった、次郎衛《じろうえ》殿。まこと、ようやった。お前様のことを誰が何と言おうと、母はほめてやる。母はよおくわかっておりあんす。お前様の果たした務めは、どなたも真似ができねえだもの。楢山《ならやま》様も、桜庭《さくらば》様も、毛馬内《けまない》様も、いんや、御家門のどなた様も真似はできねえのす。弱虫で泣き虫で、大きな声も出せねえお前様が、ようこまでやりあんしたなっす」

とたんに次郎衛様は、ぽろぽろと涙をこぼされましたよ。

わかりますかい、客人。男てえのはね、いくつになったって、どんなふうに出世したって、母親からほめてもらいてえんです。ようやった、ってえ、その母親の一言が聞きてえんです。

「かたじけのうござんす、母上。したどもわしは――」

奥歯をぐいと噛んで、次郎衛様は毒でも吐くようにおっしゃった。

「務めは十分に果たし申したれど、母上ひとりを不幸にし申した」

「なんもなんも。母は果報者じゃ」

「務めにかまけて、母上を長屋門からどこぞにお移しすることすらできなかった」

「そんたなことは孝行ではねのす。武士の務めば果たすことこそ、まことの孝行ではねのすか」

「いんや。わしは親不孝者でござんす」

「そうではね。そうではねえよ。忠と孝とは、同《おん》し《な》しものじゃ。忠義ば尽くしたお前様は、天下の孝行者じゃで」

私ァ、婆様を背負ったまんま、こぼれる涙ともろともにね、目から鱗が落ちちまいました。

よくぞ言って下さったじゃあござんせんか。忠義と孝行とは同じものだって。次郎衛様にとっても、私にとっても、こんな救いの文句はなかった。


――壬生義士伝（小説）――

一番の親孝行

身体髪膚《しんたいはっぷ》、之《これ》を父母に受く。

余りにも有名な孝経《こうきょう》の冒頭である。髪の一節から皮膚のすみずみまで、人間はその全存在を親からいただいた。どのような親子関係であれ、その事実にゆるぎはない。

義母とともにあちこちの病院を訪ね歩いていたころ、私はしばしば待合室で自分の掌を見つめた。何となく啄木のようで情けないが、人間は進退きわまると自然にそういうことをする。

私とは血のつながりがないが、彼女は妻の母であり、娘の祖母であった。妻も娘もこの人から肉体を授かったのだと思えば、まさか金や労力や時間などの私事にかまけて、義母を殺すわけにはいかなかった。

生きるという意志がなければ人は死ぬ。また、生かそうという周囲の意志がなければ人は死ぬ。介護の本質はやはり孝経の精神に他なるまい。

ところで、私に身体髪膚を授けた実母は、介護どころか一切の医療行為すら拒否して亡くなってしまった。C型肝炎に起因する肝臓癌であった。発癌の宣告を受けたとたんに通院をやめ、それからの五年間をまことに自由気儘《まま》に生きた。「ほっといてくれるのが一番の親孝行よ」という言葉は何度聞いたかわからない。子供らの巣立った都営住宅に、母は死の一カ月前まで頑なに住み続けた。

戦争のおかげで宝塚に行けなかったという口癖が、あながち冗談とは思えぬほどの美しい人であった。父と別れてからの四十年を、母は映画女優のように華麗に生きた。そしてその死は、まるでレヴューの銀幕が下りるようにいさぎよかった。

悔いは残る。しかしもしかしたら孔子の母親も実はこういう人だったのではないかなどと思ったりする。死に臨んであらゆる孝を拒んだ母は、死を以て孝の精神を私に教えてくれた。

――待つ女（エッセイ）――

泣かせる小説の原点

子供の頃、家が破産しちゃって、一家離散状態になっちゃったんです。だから僕自体もすごくひねくれて育ったし、ずいぶん悪いこともした。

でも破産する前には、運転手付き、お手伝いさん付きっていう戦後のバブルを象徴するような家だったから（笑）、小学校からずっと私立のミッションスクールに行ってたんです。もしそのまま家が破産せずに中学から私立の進学校に行ってれば、同級生たちと同じエリートの人生というのがあったはずなんですよね。それが家が潰れてしまったから、そのまま落ちこぼれていった。自分が将来、こういうコースに行けるという資格が全部失われていったわけです。

つまり親もいない、お金もない、学歴もないとなってくるとね、残ってるのは、もう小説家しかなかったんですよ。小説家っていいよ。元手もいらない、学歴もいらない、それに多少、根性が悪くてもいい（笑）。

いや、でもね、なかなか自分ではいつまでたっても小説家になれたという自覚はなかったんです。やっとそう思えたのは、直木賞をもらったときかな、ああ、小説家になったなと思いましたよね。

それでそのときにふっと思ったんです。

じゃ、父や母がね、僕を捨てずにきちんと育てていたら、自分は小説家になっていなかったんじゃないか。よしんばなっていたとしても、人様を泣かせるような小説を書けなかっただろうと。僕初めて感謝しましたね、親に。

―すべての愛について（対談集）―

天下一の果報者

母上様
最期の最期に
ひとっつだけ
嘉一郎《かいちろう》は
父上と母上の子でござんす
そのことだけで
天下一の果報者にてござんした
十七年の生涯《しょうげえ》は
牛馬のごとく短けえが
来世も
父上と母上の子に生まれるのだれば
わしは

十七年の生涯で良《え》がんす
いんや七たび
十七で死にてえと思いあんす

母上様
どうか来世にても
父上と夫婦《めおと》になり
嘉一郎ば
産んで下んせ
お願えでござんす母上様
んだば
母上様
母上様
母上様

――壬生義士伝（小説）――

あとがきにかえて

物語の懸橋

浅田次郎

小説家として自立してから三十年余りが経つ。

当時はよほど遅いデビューだと思っていたが、そののち平均寿命も社会的寿命も延びたせいで、今日では四十歳で作家生活を営めれば、むしろ早いほうではあるまいか。

しかし、遅きに失したと思いこんでいた私は、その遅れを取り戻さんとしてがむしゃらに原稿を書き、ふと気付けば年間三冊か四冊の新刊を出し続けて今日に至っている。失われた時間はとうに埋め合わせたうえ釣りがきた。

さて本書は、そうしたがむしゃらな時代の遺産である。奇特な編集者の方が私の著作や対談集からおいしい部分を抜粋し、一巻のいわば言行録に仕立てて下さった。改めて読み返してみると、私が言うのも何だが実にうまく仕上がっている。今日でも変わらぬ私の人生観は理解していただけるだろうし、初期作品の思想的に重要な部分が抜き書きされていて、いわば小説のガイドブックとして使用することもできよう。

ところで本書の内容によると、どうやら若い時分の私は年に似合わぬ説教癖があり、また年甲斐もない露悪癖があったらしい。

もっとも、いいかげんな説教ではなし、いささか露悪的とはいえ悪い話ではない。むしろ角が取れて丸くなり、脂気もすっかり抜けてしまったこのごろの私ではとうてい書けない語れないところであろう。そうした点でも、ありがたい一巻であると思う。

私は小説という嘘の世界を生きている。子供のころからずっとそうであるから、虚実の境界がよくわからない。

ただひとつ言えることは、小説という嘘の世界に生きる私はすこぶる誠実なのである。すなわち、現実の私はほとんど実体がない。よって私と他者とは、執筆と読書という行為においてのみ関係が保たれている。

作家らしく言うならそれは、私が子供のころからうっとりと夢に見続けてきた、物語の懸橋《かけはし》である。

ねがわくは本書がその懸橋とならんことを。

【出典一覧】

『アイム・ファイン！』（小学館／小学館文庫）
『一刀斎夢録』上・下巻（文藝春秋）
『王妃の館』上・下巻（集英社／集英社文庫）
『終わらざる夏』上・下巻（集英社）
『活動寫眞の女』（双葉社）
『月下の恋人』―「忘れじの宿」（光文社／光文社文庫）
『五郎治殿御始末』―「五郎治殿御始末」（中央公論新社）
『サイマー！』（集英社）
『勝負の極意』（幻冬舎アウトロー文庫）
『すべての愛について』（河出書房新社）
『すべての人生について』（幻冬舎文庫）
『蒼穹の昴』①～④（講談社／講談社文庫）

『草原からの使者　沙高樓綺譚』―「終身名誉会員」（徳間書店／徳間文庫）
『中原の虹』第一巻～第四巻（講談社／講談社文庫）
『月島慕情』―「シューシャインボーイ」（文藝春秋／文春文庫）
『椿山課長の七日間』（朝日新聞社／朝日文庫）
『天切り松闇がたり　第二巻　残俠』（集英社／集英社文庫）
『天切り松闇がたり　第三巻　初湯千両』（集英社／集英社文庫）
『天切り松闇がたり　第四巻　昭和俠盗伝』（集英社／集英社文庫）
『天国までの百マイル』（朝日新聞社／朝日文庫）
『日輪の遺産』（徳間文庫）
『ひとは情熱がなければ生きていけない』（海竜社）
『姫椿』―「永遠の緑」（文藝春秋／文春文庫）
『プリズンホテル　３　冬』（集英社文庫）
『歩兵の本領』（講談社／講談社文庫）
『待つ女』（朝日新聞社／朝日文庫）

『ま、いっか。』（集英社／集英社文庫）
『壬生義士伝』上・下巻（文藝春秋／文春文庫）
『霧笛荘夜話』――「第六話　マドロスの部屋」（角川書店／角川文庫）
『勇気凜凜ルリの色』（講談社／講談社文庫）
『勇気凜凜ルリの色　四十肩と恋愛』（講談社／講談社文庫）
『勇気凜凜ルリの色　福音について』（講談社／講談社文庫）
『勇気凜凜ルリの色　満天の星』（講談社／講談社文庫）
『輪違屋糸里』上・下巻（文藝春秋／文春文庫）

本書は二〇一二年九月に海竜社より刊行されました。
文庫化にあたり、原則として出典原文を変えないで収録しました。
漢字の送り仮名や字句の統一をせず、ルビは必要に応じてふってあります。

コスミック文庫

人間の縁《えにし》
浅田次郎の幸福論

2023年10月1日　初版発行

【著 者】
浅田次郎

【発行者】
佐藤広野

【発 行】
株式会社コスミック出版
〒154-0002 東京都世田谷区下馬 6-15-4
代表　TEL.03(5432)7081
営業　TEL.03(5432)7084
　　　FAX.03(5432)7088
編集　TEL.03(5432)7086
　　　FAX.03(5432)7090

【ホームページ】
http://www.cosmicpub.com/

【振替口座】
00110-8-611382

【印刷／製本】
中央精版印刷株式会社

乱丁・落丁本は、小社へ直接お送り下さい。郵送料小社負担にて
お取り替え致します。定価はカバーに表示してあります。

ISBN 978-4-7747-6505-1 C0195